品味唐詩

唐詩

上

培育
文化

益智館 18

品味唐詩《上》

編著　賴佩羽

責任編輯　李文燕

內文排版　王國卿

封面設計　姚恩涵

出版者　培育文化事業有限公司

信箱　yungjiuh@ms45.hinet.net

地址　新北市汐止區大同路3段194號9樓之1

電話　（02）8647-3663

傳真　（02）8674-3660

劃撥帳號　18669219

CVS代理　美璟文化有限公司

TEL／(02)27239968

FAX／(02)27239668

總經銷：永續圖書有限公司

永續圖書線上購物網
www.foreverbooks.com.tw

法律顧問　方圓法律事務所　涂成樞律師

出版日期　2018年02月

國家圖書館出版品預行編目資料

品味唐詩 / 賴佩羽著.-- 初版.
　-- 新北市：培育文化，
民107.02　面；　公分. --（益智館；18）
　ISBN 978-986-95464-5-4(上冊：平裝)

831.4　　31-80115　106023557

前言

　　唐詩是中國文化中最燦爛的篇章，是中國優秀的文學遺產之一，也是世界文學寶庫中的一顆璀璨的明珠。儘管離現在已有一千多年了，但唐詩中的許多詩篇還是廣爲人們傳誦。

　　唐代的詩人特別多。李白、杜甫、白居易固然是世界聞名的偉大詩人，但除他們之外，還有其他無數詩人。他們的作品，保存在《全唐詩》中的也還有四萬八千九百多首。

　　唐詩的題材非常廣泛，有的從側面反映當時社會的階級狀況和階級矛盾，揭露了封建社會的黑暗；有的歌頌正義戰爭，抒發愛國思想；有的描繪祖國河山的秀麗多嬌；此外，還有抒寫個人抱負和遭遇的，有表達兒女愛慕之情的，有訴說朋友交情、人生悲歡的，等等。

　　總之從自然現象、政治動態、勞動生活、社會風俗，直到個人感受，都逃不過詩人敏銳目光的捕捉，成爲他們寫作的題材。因此認識唐詩，瞭解唐詩，對追溯民族文化，傳承民族文明和弘揚文化精神具有重要的意義。

趣聞篇

感悟篇

生活篇

愛情篇

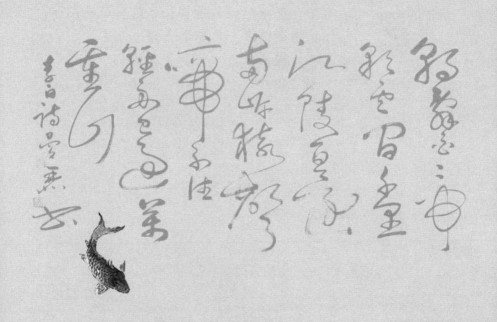

趣聞篇

文章合為時而著，歌詩合為事而作，藝術來自於生活，是現實生活在文人們筆下的反映。唐詩也不例外，每一首唐詩背後都有一個小小的故事，這其中有許多唐詩記錄了一些有趣的事情，而有些詩歌的創作本身就是一段小小的奇聞逸事，本篇將為讀者講述唐詩背後那些鮮為人知的故事。

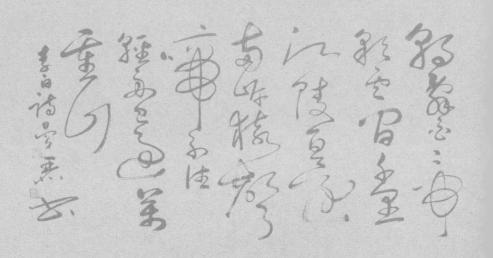

❀ 公主府裡的彈琴人

山居秋暝
——王維

> 空山新雨後，天氣晚來秋。
> 明月松間照，清泉石上流。
> 竹喧歸浣女，蓮動下漁舟。
> 隨意春芳歇，王孫自可留。

注　釋

・暝：日落，天黑。

譯文注釋

　　新雨過後的空曠山谷裡，正是晚秋的天氣，月光透過松林照在地上，這裡有清澈的泉水從石間歡快地流過。這時竹林間傳來了喧鬧聲，原來是洗衣裳的婦女們回來了。

　　水面上的荷花在搖動，漁船輕輕地順流而下，在這樣的季節裡，雖然不像春天那樣繁花似錦，但清幽美妙的山景更使人們流連忘返啊！

背景故事

王維是唐代傑出的畫家、詩人，字摩詰，原籍太原祁（今山西祁縣境內）人，後遷居蒲州（今山西永濟），遂為河東人。工詩善書，尤以畫名，開元進士，官至尚書右丞，故人稱「王右丞」。其作品魄力雄大，他改變了古代的鉤斫畫法，創渲淡的潑墨法。宋蘇東坡曾說：「味摩詰之詩，詩中有畫，觀摩詰之畫，畫中有詩。」

王維二十歲時就已經很有名氣。他學識淵博，不僅在詩文上很有研究，對音樂、繪畫也是頗有造詣，而且彈得一手好琵琶。在京城長安，王維經常結交一些當時有名的學者及民間藝人。唐玄宗的弟弟岐王李范也愛好詩文和音樂，十分欽佩王維的才華，所以他們成為了很好的朋友。

這天，王維對岐王說：「我將要參加進士應考，你看我能不能考第一名？」

岐王搖搖頭，告訴了他一個不為人知的消息：「讀書人張九皋在朝野中名聲很好，況且又托熟人關說，大概會考取第一名。」

王維很不服氣，他不屑一顧地說：「只要他托的人不是主考官，就對我構不成威脅，他的詩文我讀過，其對詩詞的造詣不會在我之上。」

岐王說：「他找的可是當朝公主啊！公主已經給主考官寫了一封信要求取他為第一名。」王維有些無奈地問：「那

如何是好？」

　　岐王勸他說：「公主現在在朝廷的影響力很大，如果硬爭的話是不會有好結果的。這樣吧！你按照我的方法去做，看有沒有機會。公主喜歡吟詩作賦的才子，你回去準備幾首比較好的詩文，再譜一首優美的琵琶曲，三日後到我府中來見我。」三日後，王維按照規定的時間來見岐王。

　　岐王說：「今天公主府裡舉行歌舞大會，宴請了許多達官士人，你要想有機會接近公主展現自己的才華，贏得公主的歡心，就必須先打扮一下。」

　　王維說：「一切都聽你的。」

　　於是經過一番打扮，王維由一個書生變成了一個演奏琵琶的伶人，隨後以伶人的身分跟隨岐王來到公主府參加宴會。宴會上，王維站在了演奏人員的最前面，他一股書生氣，又長得年輕英俊，很快便吸引了大家的目光。當所有賓客都在歡飲時，公主看著這位英俊的藝人說：「還是讓伶人彈奏一首曲子讓大家欣賞吧！」

　　其實公主也早已經就注意到了眉清目秀的王維，便對身邊的岐王說：「前面的年輕人會奏什麼樂曲？」

　　岐王回答說：「是我帶來的年輕藝人，此人琵琶彈得堪稱一絕。」

　　公主表現出了驚訝的眼神，對王維說：「先爲客人奏上一曲琵琶曲吧！」

　　王維知道自己表現的機會來了，他坐在椅子上，開始彈

奏他最拿手的那首新編的曲子，頓時悠揚的琵琶聲讓眾人陶醉。低沉時像淙淙的流水，高昂時如疾風暴雨。一曲演奏完，滿屋的人仍然沉浸在優美的音樂聲中，公主更是喜出望外，迫不及待地問岐王：「這位年輕的藝人叫什麼名字？他的琵琶彈得太好了。」

岐王趁機誇獎說：「此人名叫王維，他不僅彈得一手好琵琶，還擅長繪畫，詩文寫得更是天下無雙。」

公主忙問：「有詩文嗎？快些拿出來讓大家欣賞一下。」

王維便拿出了自己的得意之作《山居秋暝》獻給了公主，公主看後大吃一驚，然後情不自禁地大聲讀了起來。

這首《山居秋暝》的題目，簡潔地指明了這首詩所寫的地點與時間。山居之景，秋暝時分。首聯「空山新雨後，天氣晚來秋。」形容林木茂密又無人的一種空曠情景，一個「空」字，強調了山中遠離人間喧囂的幽靜。在一個秋天的傍晚，剛剛下過一場小雨。「新雨後」、「晚來秋」這平淡的幾個字，給人帶來一種清新、涼爽的感覺。「後」「秋」兩個拖音字相對，讀來語氣舒緩，表現出了詩人悠閒自在的心境。

頷聯是流傳至今的一句名句。「明月松間照，清泉石上流。」被小雨刷洗過後的松林是那麼的清新，皎潔的月光從茂密的松林縫隙中照射進來，清澈的泉水從光滑的岩石上靜靜淌過，泉水映著月色，發出銀亮的光。這是一幅多麼優美的畫卷啊！此聯寫月光如水，是寫「靜」；寫清泉流淌，是

寫「動」。動靜結合，這兩句塑造了一個明淨超脫的意境。

接下來的兩句寫山中人們的生活。「竹喧歸浣女，蓮動下漁舟。」這兩句從視覺、聽覺兩方面進行描寫，使詩中的形象更加逼真，更富有生氣。這一聯先寫果後寫因，利用人們的期待效應，製造了一個恍然大悟的效果。「歸」和「下」字原本應分別放在「浣女」和「漁舟」之後，但是詩人有意將它們倒裝，不僅使這一聯音韻和諧，而且更顯現出了幾分動感。

雨後的空山是那樣清新高潔，山中的人們是那樣安逸自在，詩人頓感找到了一個世外桃源，他忍不住抒發自己的情感：「隨意春芳歇，王孫自可留。」這句詩化用了《楚辭・招隱士》的典故，並反用其意，含蓄地將自己留戀山林的心情表達出來。此詩不僅寫出秋日傍晚雨後山中的美景，而且也流露出詩人自己領受這種佳景的愉快和對山林生活的依戀。

滿屋的人聽完這首詩後都發出了讚歎聲。公主似乎有些意外：「我經常閱讀這首《山居秋暝》，總以為是古人的作品，真沒想到是眼前這位少年所作。」

岐王乘機對公主說：「如果他參加今年的長安應試，肯定能考取第一名，這樣有才華的人日後必成國家棟梁，如今被公主發現，真是我朝有福啊！」

公主點頭說：「如此有才之人，不參加今年的應考就可惜了。」

岐王又說：「但是他發誓，要考就考第一名，否則就不

參加今年的應試，我聽別人說公主已經向主考官推薦張九皋為第一名。」

公主解釋說：「這不是我的推薦，只是有人向我提議而已，我對張九皋也不是很瞭解，不過如果王維能參加今年的進士考試，我肯定會推薦他。」

岐王對王維說：「還不拜謝公主的知遇之恩。」

王維忙站起來向公主致謝。

後來公主又舉行了一次宴會，這次專門將考官們召來，讓他們與王維相見，並進行推薦。王維又在考官們面前展現了幾首好詩，得到他們一致的讚揚，在進士考試時，王維果真考取了第一名。

讓詩仙自愧不如的詩歌

黃鶴樓

——崔顥

昔人已乘黃鶴去，此地空餘黃鶴樓。

黃鶴一去不復返，白雲千載空悠悠。

晴川歷歷漢陽樹，芳草萋萋鸚鵡洲。

日暮鄉關何處是？煙波江上使人愁！

注 釋

· 黃鶴樓：位於湖北武漢武昌蛇山黃鶴磯上。相傳古代仙
　　人子安乘黃鶴經過這裡，又傳仙人費文褘曾在此駕
　　鶴登仙。

· 漢陽：武漢三鎮之一。

· 鸚鵡洲：位於武昌城西南的長江中。

· 鄉關：故鄉。

◎ 譯文注釋

仙人已經駕著黃鶴飛去，此地只留下一座空空的黃鶴樓。黃鶴飛去再也不復返，千百年來只有白雲在上空飄遊。晴明裡可清楚地看見漢陽的綠樹，芳草茂盛遮蓋了鸚鵡洲。天已傍晚，哪裡是我的故鄉？望著這煙霧迷茫的江面，真叫人發愁。

背景故事

崔顥，汴州人（今河南開封）。開元十一年（西元723年）進士，天寶中期任司勳員外郎。在當時即享有盛名，與王昌齡、高適、孟浩然、王維等人詩名相當。早期詩浮艷輕薄，後曾在河東軍幕中任職，詩風變得雄渾奔放。關於這首詩，有一段有趣的故事。李白四十二歲的時候，曾經奉召入長安，並被封為翰林學士。在長安當了三年狂放的御用文人之後，於天寶三年（西元744年）年初離開長安，開始了十年漫遊生活。

這年四月，他來到武昌。他早知道武昌有一座樓，雄偉壯觀，而且，關於這座樓還有一個美麗的傳說。傳說有一個叫費文禕的人曾經騎著黃鶴從這裡飛走，所以才有了這個名字。李白原本就對神仙道士之類的事情感興趣。他來到武昌，當然一定要見見這座傳說中的神奇建築了，而且他還暗暗下決心要好好寫一首詩歌詠黃鶴樓呢！

這裡的文人墨客及地方官員，早聽說過李白的大名，商量好請李白到黃鶴樓一聚。

　　這黃鶴樓在蛇山的黃鶴磯上，是江南的名樓，爲三國時吳國的國君孫權所建。凡是到江漢一帶的文人，沒有不登黃鶴樓看壯麗的長江景色的。

　　這宴會開得熱鬧非凡，那些詩人墨客因爲有李白在場所以顯得格外興奮。在痛飲一番之後，朋友們請李白賦詩，李白也毫不推辭。等到親眼看見氣勢恢宏的黃鶴樓時，李白的心頓時激動了起來。他登上樓的最高層，眼望浩瀚的長江，不禁詩興大發，一面來回踱著步子，一面構思著，正當好句子就要出現的時候，他看到了牆上的一首詩，那就是汴州人崔顥前不久題寫的那首七律《黃鶴樓》。

　　黃鶴樓是登臨遊覽的勝地，崔顥題詩表達了弔古懷鄉之情。前四句寫登臨懷古。昔日的仙人已乘黃鶴離開了，此地只空餘這座黃鶴樓，黃鶴一去不再回來，朗朗碧空千百年來只有白雲悠悠。一座歷史悠久的古樓，一段美麗的神話傳說，幾分繁華與熱鬧逝去後的失落與惆悵。詩人圍繞黃鶴樓的由來反復吟唱，似脫口道出，語言俗白，卻一氣呵成，文勢貫通。一座空空的黃鶴樓因而呈現出深厚的文化底蘊，一次尋常的登臨化爲追古撫今的慨歎，白雲千載，遐心悠悠。

　　後四句寫站在黃鶴樓上的所見所思。眼前美景如畫，內心鄉愁難抑。「晴川歷歷漢陽樹，芳草萋萋鸚鵡洲」是具體而直接的描繪：晴朗的大地，遠方漢陽的綠樹歷歷在目；鸚

鸚洲上，萋萋芳草如茵。開闊的視野，生機勃勃的風光，作爲遠景襯托出黃鶴樓遠眺漢陽、俯瞰長江的挺拔氣勢。

「日暮鄉關何處是？煙波江上使人愁」即景生情，薄暮的柔美與思鄉的幽怨交織在一起：黃昏的霧靄悄悄地在江心聚集，鄉愁也在詩人的心中湧起；江面水氣氤氳，鄉愁依附在縹緲的煙波中。日暮煙波與悠悠白雲相照應，形成一個悠遠渺茫的意境。

李白看了，連連稱讚：「好詩！好詩！」接著，長歎一聲，把筆放下了，向大家吟了兩句詩：

眼前有景道不得，

崔顥題詩在上頭。

意思是：因爲崔顥把黃鶴樓的景色寫得絕好，已經讓我無法再寫了。

有了大詩人李白的這句話，崔顥的《黃鶴樓》就更加有名了。連李白都承認這是首好詩，那麼，歌詠「黃鶴樓」的作品裡，自然就數它最出色了。

崔顥的《黃鶴樓》先從樓的命名之由來著想，借傳說落筆，然後生髮開去。仙人乘騎著黃鶴，本來就是虛無，現在以無作有，說它「一去不復返」，就有了歲月不再，古人難尋的遺憾。仙人走了，剩下一座空樓，更加上天際白雲悠悠，正能表現世事蒼茫的感慨。詩人幾筆就寫出了那個時代登黃鶴樓的人們常有的感受，詩歌氣概蒼茫，感情真摯。在藝術手法上也出神入化，因而取得了極大成功。這樣一來，

武昌的黃鶴樓也就更加有名了，直到今天，它也還是一處吸引遊客的旅遊勝地呢！

李白在黃鶴樓上因看到崔顥題的詩而放棄了題詠黃鶴樓後，順江而下，到了著名的城市金陵（現在江蘇省南京市）。早聽朋友們說，金陵有許多古蹟名勝，而最有名的是鳳凰台。所以李白直奔鳳凰台而去。當時李白也正是失意的時候，心中抑鬱悲憤。身在舊朝古都，登台遠眺，想那繁華盡隨長江浩浩蕩蕩向東奔流而去了。他不禁想起了在黃鶴樓上看到的景色和崔顥題的詩。於是，興之所至，便仿照崔顥《黃鶴樓》的體式韻律，又題寫了一首七律，名為《登金陵鳳凰台》。

《登金陵鳳凰台》

鳳凰台上鳳凰遊，鳳去樓空江自流。

吳宮花草埋幽徑，晉代衣冠成古丘。

三山半落青天外，二水中分白鷺洲。

總為浮雲能蔽日，長安不見使人愁。

這首詩便和崔顥的《黃鶴樓》成了呼應的作品。李白不但受崔詩影響，而且還特意用了崔詩的韻腳。不過李白在因襲的基礎上有自己的創造。即使只對比詩歌的尾聯，我們也可以發現二者的相似與不同之處。

崔顥的《黃鶴樓》抒發了詩人深感世事茫茫，家鄉遙遙的傷感情懷，李白的《登金陵鳳凰台》則抒發了自己想要在政治上有所作為，但又深覺「浮雲蔽日」、報國無門的憂愁。

旗亭畫壁

出塞
—— 王之渙

黃河遠上白雲間，一片孤城萬仞山。
羌笛何須怨楊柳，春風不度玉門關。

注　釋

- 唐代樂府曲名，詩題亦作《涼州詞》
- 遠上：遠遠直上。
- 孤城：指涼州城，在今甘肅省武威縣。
- 仞：長度單位，一仞為八尺。
- 羌笛：中國西北部少數民族羌族的一種樂器。
- 楊柳：指北朝樂府《折楊柳歌辭》。
- 春風：比喻朝廷的關心。
- 玉門關：在今甘肅省敦煌西，是當時涼州最西境。

譯文注釋

咆哮奔騰的黃河，它的源頭遠在天邊與白雲相連接。白雲下，一座孤城緊緊依偎著萬丈高山，那羌笛為何吹出了哀怨的樂曲《折楊柳歌辭》來引起邊防將士的離情別愁？春風無限好，但還沒有來到這荒涼寂寞的玉門關，就像朝廷的恩惠還沒有關照到這些戍邊士卒們。

背景故事

王之渙，並州人。天寶年間，與王昌齡、崔國輔、鄭聯唱迭和，名動一時。其詩用詞十分樸實，然造境極為深遠，令人裹身詩中，回味無窮。詩六首，其中《登鸛雀樓》、《涼州詞二首》（其一）和《送別》三首皆著名。

詩中的「欲窮千里目，更上一層樓」和「黃河遠上白雲間，一片孤城萬仞山」都是流傳千古的佳句，也正是這兩首詩給詩人贏得了百世流芳。

唐朝的時候，詩和歌是緊密聯繫在一起的。詩人的好作品，很快就會透過歌者的口流傳開來。

唐代開元年間的一天，王之渙同王昌齡、高適在一個叫旗亭的酒樓飲酒。三位詩人正海闊天空興致勃勃地談論著，突然被樓外熱熱鬧鬧的嬉笑聲打斷。這時，十多個皇家梨園的樂工和歌女走進門來，他們叫了酒點了菜，擺設筵席，佔據了半個酒店，整個屋裡頓時熱鬧非凡。歌女們飲酒高歌，

樂工們樂器相伴。

三位詩人的作品經常被樂工譜成曲子，由歌女們來吟唱，於是他們三個人約定：「看她們唱的歌詞，是咱們誰寫的，自己在牆上畫記號下來。」

因為這幾個人在當時詩壇上都很有名氣，也沒有人去為他們分出高低，排出名次。王昌齡悄悄地對兩人說：「我們都聞名詩壇，平日間難以自定高低，今天可是個大好的機會，大家都聽聽歌女們的演唱，她們到底先唱誰的，誰的詩篇被譜的樂曲多，歌女們唱的多，就算誰優勝。」

「好！」王昌齡、高適都贊同。

不多時，一位歌女隨著樂曲唱道：「寒雨連江夜入吳……」這是王昌齡的作品，他高興地說：「此乃一絕！」急忙在牆壁上畫了一個記號。

唱畢，另一位歌女又接著唱道：「開篋淚沾臆……」高適也興奮地喊了一聲：「一絕句！」也在牆壁上畫了一記號。

第三位歌女又開口了：「奉帚平明金殿開……」王昌齡興奮地又畫了一個記號，並高聲賀道：「二絕句！」

王之渙平日裡很自負，認為自己早已成名，現在見歌女們都沒唱他的詩，心裡有些不高興。於是他穩了穩坐姿，清了清嗓子對身邊的王昌齡和高適說：「這幾個都是普通的歌女，她們只會唱『下里巴人』的通俗詩文，那些『陽春白雪』的高雅文章她們都不敢唱，只有高級的歌女才配唱我寫的詩！」

他指著歌女中一位最年輕最貌美、梳著雙鬟的女伶說：「女伶中只有她才配唱我的詩。她要是不唱我的詩，我就甘拜下風，並且一輩子都不再赴宴飲酒了。」

話音剛落，就聽這歌女唱道：「黃河遠上白雲間，一片孤城萬仞山，羌笛何須怨楊柳，春風不度玉門關。」

這正是王之渙的得意之作《出塞》。他聽了，轉頭對兩位詩人說：「我沒騙你們吧！『下里巴人』是唱不好我的詩文的。」一句話說得大家哈哈大笑。

這首詩的前兩句描寫古代涼州一帶荒涼遼闊的景象。詩人先用鏡頭攝取遠景：黃河洶湧澎湃、波浪滔滔，奔流入海，如自下而上、由近及遠地眺望，它卻像一條潔白的絲帶逶迤飛上雲端。

詩人的視覺與黃河的流向相反，突顯出了黃河的源遠流長，也展現出了邊地廣袤壯闊的風光，重在表現黃河的靜態美。接著詩人又攝取具立體感的近景：征戍士兵居住的城堡孤獨地屹立在高山環抱之中。

用遠川高山反襯玉門關地勢險要、處境孤危。孤城是單薄、狹小的，而高山卻是萬仞的，以數量和體積極不相稱的兩件事物，形成鮮明對比，造成一種心理上的壓力，這也是詩人巧妙組合文字的功用。

後兩句借淒涼幽婉的笛聲，表達詩人對這種景象的感想。以問語轉出濃郁的詩意，羌笛之聲吹出了戍守者處境的孤危和強烈的怨恨。

羌笛演奏的是《折楊柳》曲調，而折柳贈別在唐代最盛，詩與離別便有了比較直接的關係，即《折楊柳》笛曲觸動了人們的離愁別恨。

　　不說「聞折柳」卻說「怨楊柳」，用詞非常精心，並能引發更多的聯想，深化詩意。戍守者自知，天高皇帝遠，朝廷的關心本來是不會來到玉門關的，這才有了玉門關外處境的孤危和環境的惡劣，這才有了楊柳不青和離人想要折楊柳寄情而不能的殘酷現實。

　　「何須怨」一語，深沉含蓄，傳達出戍守者在鄉愁難禁時意識到衛國戍邊責任的重大，才能如此自我安慰。

❀ 少年展詩才

賦得古原草送別　　　　——白居易

離離原上草，一歲一枯榮。
野火燒不盡，春風吹又生。
遠芳侵古道，晴翠接荒城。
又送王孫去，萋萋滿別情。

注　釋

- 離離：形容春草茂密的樣子。

- 盡：完，死。

- 遠芳：遠方的芳草。

- 侵：蔓延。

- 晴翠：芳草在陽光照射下呈現一片翠綠的顏色。

- 王孫：此借遠遊的人。本指貴族子弟。

- 萋萋：形容草盛的樣子。

多麼茂盛的原上草啊！春天繁茂，秋天枯萎，歲歲循環不已。野火雖將那大片枯草燒得精光，一旦春風化雨，野草的生命便會復甦，以迅速的長勢重新鋪蓋大地。

雖然古道城荒，但青草的滋生卻使它恢復了青春，一片生機勃勃！行路人看見萋萋芳草而想起了離愁別苦，似乎這每一片草葉都飽含別情。

背景故事

白居易，字樂天，號香山居士。祖籍太原（今屬山西），到了其曾祖父時，又遷居下邽（今陝西渭南北）。白居易的祖父白湟曾任鞏縣（河南鞏義）縣令，與當時的新鄭（屬河南）縣令是好友。

白居易生於唐代宗大曆七年（西元772年）正月二十日，武宗會昌六年（西元846年）八月卒於洛陽（屬河南），享年七十五歲。他在文學上積極倡導新樂府運動，主張文章合為時而著，詩歌合為事而作，寫下了不少感歎時世、反映人民疾苦的詩篇，對後世頗有影響。是中國文學史上相當重要的詩人。

唐朝貞元三年（西元787年）早春時節，年僅十六歲的白居易來到繁華的京城長安。高大華麗的樓台亭閣，熱鬧非凡的大街，熙熙攘攘的人群都令他應接不暇。但他沒有心思

去觀賞這都市的風光，只是逢人便打聽詩人顧況的住所。顧況是當時京都名士，又是朝廷上的著作郎，也是詩人們當時崇拜的偶像。

經過多方打聽，中午時分，他終於找到了顧況的家。見到了這位白髮蒼蒼、大名鼎鼎的詩人，白居易走上前去恭恭敬敬地向顧況行禮，並把一卷詩稿送上請老詩人指教。

顧況打開詩卷，見上面工整地書寫著「白居易」三個字。便仔細打量這位闖進來的少年郎，他捋了捋鬍鬚問道：「少年年方幾何？」

白居易忙回答：「十六歲。」

老詩人又問：「祖籍何處？」

「太原。」

老詩人又笑了笑：「這麼說，你是從太原而來。」

「不，祖籍太原，寄居江南，我是從江南而來。」

顧況第一次聽到「白居易」這個年輕人的名字，又打量了白居易一番，就跟他開玩笑：「現在，長安米價正貴，在這裡『居』住，可不『易』呵！」意思大概是：倘若沒有多大的文才，想在長安待下來，恐怕連肚子都難以填飽呢！

這雖然是打趣的話，但卻是老人的肺腑之言。這些年來，到京都長安他府中拜訪、求教的人很多很多，可是能有幾個在長安立足的？但初到長安的白居易不懂老詩人此話的含義，他站在那裡拘束得很，時間一長便更加惶恐不安。

這時，老詩人顧況慢慢地打開了白居易送上的詩文，仔

細看了看，然後眼睛一亮，發現了白居易的那首佳作《草》，便立刻被這首精緻的小詩給吸引了。

這首詩以春草起興，想像獨特，巧妙地把眼前春色與離別之情融爲一體。透過草的枯榮、綿延伸展、頑強生命力的抒寫，充分表達了堅韌不拔、頑強奮鬥、堅定美好生活信念的人生勉勵。

一、二句從青草具有頑強生命力的特點著筆，原野上的青草多茂密，一年一度枯萎了又繁榮，年年歲歲依舊。「枯榮」二字極爲講究，先「枯」後「榮」表明是春草，先「榮」後「枯」表明是秋草。三、四句含義深刻，「野火燒不盡，春風吹又生」，極有氣勢，以淺近的語言，道出深刻的哲理，成爲千古絕唱。

詩人將野草的生生不已與人事的枯榮代謝相對照，告訴人們具有堅強意志和生命活力的人，是任何勢力也摧毀不了的。野火燎原被燒得精光，一旦春風化雨又會復甦。

五、六句從青草死而復生的頑強生命力，寫到眼前的春天正是芳草遍地。遠處的芳草滿野連古道，晴日下一片翠綠接荒城。「侵」、「接」二字承「又生」，更寫出蔓延擴展之不可抵擋，表明青草再生後比從前的生命力更加旺盛，長勢更好，發展更快。

七、八句點明「送別」，安排了一個送別的畫面：大地回春，芳草青青的古原景象如此迷人，而送別就在這樣的背景下進行，那是多麼令人惆悵、難捨難分啊！青青草兒也人

性化地滿懷離別之情，特別茂密地列隊目送著遠行的人。詩人匠心獨運，「草」與「送別」自然渾成。

「好詩！好詩！」老詩人顧況看後興奮地大聲歡道。他對白居易大加讚賞：「能做出這樣的好詩，在長安『居』住有什麼難的啊？我剛才的話，不過是跟你開個玩笑。」

白居易從小受到良好的教育，五歲時學寫詩，八歲時已懂得聲韻，因此十六歲能寫出這般好詩一點也不奇怪。少年白居易的這首詩，以生動的語言具體地寫出了野草頑強的生命力。可以看出，少年白居易透過歌詠野草，表現了他一種奮鬥不息的信念，一種頑強生存的精神，難怪老詩人顧況這樣情不自禁地大聲稱讚了。

從此，顧況便經常對人讚揚白居易的詩才，少年白居易也虛心好學，經常向老詩人求教。從此，白居易詩名大震，轟動長安。

他在這裡「居」住下來，確實不難了。舉個例子來說，每到夏天，長安十分炎熱，需用冰雪降溫，冰雪不但價錢昂貴，而且極難買到。但由於白居易在文壇上享有盛名，他的詩，老百姓又都看得懂，因此，白居易若是需要冰雪，可以成筐成筐地拿走，價錢也由他看著給，賣冰者並不討價還價，差不多天天如此。

白居易不僅在長安得以立足，而且詩文也很有名氣，寫出了許多流傳千古的詩篇。

行走百里爲該詩

宿巾子山禪寺 ——任蕃

絕頂新秋生夜涼，鶴翻松露滴衣裳。
前峰月照一江水，僧在翠微開竹房。

譯文注釋

　　時間已是秋季，夜色越來越濃重了，山頂上已經生出幾分寒意來。一隻白色的仙鶴，展開雙翅，飛離一簇松樹林，騰空而去。林梢上凝結的露水滴落在詩人的衣服上。

　　在峰頂，向遠處眺望，只見遠處有一座山峰，晶瑩別透的月亮就掛在山峰之上。在月光下，還能看到兩山之間有一條蜿蜒的江水（這景色太美了）。詩人敲開了山寺的門，向長老請求借宿一晚。

背景故事

　　任蕃是晚唐時期的著名詩人。唐武宗會昌年間（西元841～846年），舉進士不第，常遊會稽苕、間。爲詩重聲

趣聞篇

調，且不厭改存，有詩集一卷。年輕時他從江浙一帶趕到京城長安去考進士，因為主考官水平不高，沒被錄用。

任蕃非常生氣，還跟主考官發了脾氣，並且發誓再也不參加這種不公平的考試了，準備從此遊歷祖國的山山水水，以寫詩文來度過此生。

有一年秋天，任蕃到浙江天台山遊覽，他被山裡的景色吸引，走一處題一詩，直到盡興才肯停下來。走到巾子山時，黃昏已過，然而山景仍然非常優美。夜色越來越濃重了，山頂上已經生出幾分寒意來。

詩人已經看到了前面的寺廟建築，知道目的地不遠了。忽然頭頂「啪啦啦」一聲，只見一隻白色的仙鶴，在皎潔的月光下，展開雙翅，飛離了一簇松樹林，騰空而去。

林梢上凝結的露水滴落下來，滴在詩人的衣服上。詩人穿過松林，來到了裸露的峰頂，他向遠處眺望，只見遠處也有一座山峰，晶瑩剔透的月亮就掛在山峰之上。在月光底下，還能看到兩山之間有一條蜿蜒的江水。水面上浮動著月光，這景色實在是太美了。

任蕃的創作激情又被點燃了。他敲開了山寺的門，向長老請求借宿，匆匆在一間屋子安頓下來後，揮筆在牆上寫下了上面的詩。

幾天之後，任蕃離開了天台山，一邊走還一邊吟誦著自己的詩句。傍晚時分他已經走出了一百里地，剛找個地方住下，店主正準備招呼他喝水吃飯，他卻突然一拍桌子，大叫

一聲：「壞了！」

店主人嚇了一跳，趕緊過來問：「先生，您怎麼啦？」任蕃急得在屋裡走來走去，連聲說：「不行，不行，我得回天台山去！」

店主人又問：「您丟東西啦？」

任蕃搖搖頭說：「東西倒沒丟，我在國清寺的牆上題了兩句詩，其中一句用詞不當，我得回去改過來！」

店主人一聽，鼻子差點兒笑歪了。心想，這真是碰上書呆子了，就勸他說：「這兒離天台山有一百里，再說天都黑了，你夜裡趕路要碰上壞人、野獸怎麼辦？」可是任蕃執意要走，原來他在寺裡的牆上寫了這麼兩句：

前峰月照一江水，

僧在翠微開竹房。

當時他覺得很得意，可是經過一再吟誦，感覺這詩有問題。因為既有前峰遮月，江水只會一半明亮，一半昏暗，怎麼能照一江水呢？他連聲責備自己糊塗，如果把一江水改成半江水，不但符合實際，而且還更有韻味。所以就急急忙忙要回去改詩。

他連夜返回，重新登上巾子山，敲開寺門，回到住過的那間屋子一看，不由得瞪大眼睛，後退了幾步。

原來牆上的詩句有人改過了，而且正是把一江水改成了半江水。他不由得直翹大拇指，小聲說：「天下真有有心人，不知是哪位仁兄呀？」

他在牆前徘徊了一陣，又慢慢走出寺院，重新上路了。他一邊走還一邊說：「詩讓別人改過了，我也就放心了，這一百里路沒有白跑呀！」同時也感慨：「這台州一帶真是人才濟濟呀！」

這「半」字改得確實是好，準確地描繪出前峰遮住月光、江水半明半暗的幽美意境。

多少年以後，又有詩人經過巾子山禪寺，看到任蕃的詩之後，還在牆上寫下了「任蕃題後無人繼，寂寞空山二百年」的詩句呢！

任蕃爲了改一句詩，或者說改一個字，硬是從百里之外趕了回來。乍一聽似乎有點兒可笑，說他是個書呆子，但仔細一想，做學問就應該這樣，要有嚴肅認真的科學態度。知道錯了，就得改正。知錯不改，那不僅是欺騙別人，而且也是欺騙自己。

🍀 叩拜一字師

早梅

——齊己

萬木凍欲折，孤根暖獨回。

前村深雪裡，昨夜一枝開。

風遞幽香出，禽窺素艷來。

明年如應律，先發望春台。

注　釋

- 孤根：指梅樹。
- 回：回復生機，指萌芽含蕾。
- 遞：傳送。
- 幽香：清幽淡雅的香味。
- 窺：偷看。
- 素艷：從素樸淡雅中顯出的鮮艷美麗。
- 應律：與歲時節令相符。
- 映春台：此處泛指南面向陽的小山坡。

譯文注釋

萬木經受不住嚴寒的侵襲，枝幹將被摧折。梅樹的孤根卻吸取地下的暖氣，恢復了生氣。

在前村的深雪裡，昨夜有一枝梅花凌寒獨開。它的幽香隨風飄散，一隻鳥兒驚異地看著這枝素艷的早梅。我想寄語梅花，如果明年按時開花，請先開到望春台來。

背景故事

齊己是長沙人，家貧，靠爲人放牛過活。因爲好學用功，大潙寺的方丈喜歡他，就收留他住在寺裡。他喜歡寫詩，也喜歡評詩，《全唐詩》裡收錄了他八百多首詩。

當時的人們把給別人詩文改動一個字、又改得非常好的人，叫做「一字師」，這一典故就是起源於齊己這首詩的一段故事。

有一年冬天，早晨的時候，山野雪霽，晴日當空。景色非常美麗。齊己走出寺外，看到梅花怒放在寒雪中，散發著淡淡的幽香，還有幾隻小鳥飛來，圍在梅花旁邊好像在唱歌一樣叫著。他癡立許久以後，有了靈感，就寫了這首《早梅》。

這是一首詠物詩。全詩語言輕潤平淡毫無浮艷之氣，以含蓄的筆觸刻劃了梅花傲寒的品性及素艷的風韻，創作了一種高遠的境界，寄託了自己的理想，意蘊深刻。

首聯即以對比的手法，描寫梅花不畏嚴寒的秉性。

「萬木凍欲折，孤根暖獨回」，是將梅花與「萬木」相
對照：在嚴寒的季節裡，萬木經受不住寒氣的侵襲，枝幹簡
直要摧折了，而梅樹卻像凝地下暖氣於根莖，回復了生機。
「凍欲折」的說法略帶誇張。然而正是萬木凋摧之甚，才更
有力地反襯出梅花「孤根獨暖」的性格，同時又照應了詩題
「早梅」。

第二聯「前村深雪裡，昨夜一枝開」，用字雖然平淡
無奇，卻很耐咀嚼。詩人以山村野外一片皚皚深雪，作為
孤梅獨放的背景，描摹出十分奇特的景象。

「一枝開」是詩的畫龍點睛之筆：梅花開於百花之前，
是謂「早」；而這「一枝」又先於眾梅，悄然「早」開，
更顯現出此梅的不同尋常。

此聯像是描繪了一幅十分清麗的雪中梅花圖：雪掩孤
村，苔枝綴玉，那景象能給人以豐富的美的感受。「昨夜」
二字，又透露出詩人因突然發現這奇麗景象而產生的驚喜之
情；肯定地說「昨夜」開，說明昨日日間猶未見到，又暗點
詩人的每日關心，給讀者以強烈的感染力。

第三聯「風遞幽香出，禽窺素艷來」，側重寫梅花的姿
色和風韻。此聯對仗精緻工穩。「遞」字，是說梅花內蘊幽
香，隨風輕輕四溢；而「窺」字，是著眼梅花的素艷外貌，
具體地描繪了禽鳥發現素雅芳潔的早梅時那種驚奇的情態。
鳥犬如此，早梅給人們帶來的詫異和驚喜就溢發見於言外。

以上三聯的描寫，由遠及近，由虛而實。

第一聯虛擬，第二聯突出「一枝」，第三聯對「一枝」進行形象的刻劃，寫來很有層次。

末聯語意雙關，感慨深沉：「明年如應律，先發望春台。」此聯字面意思不難理解。然而詠物詩多有詩人思想感情的寄託。

這裡「望春台」既指京城，又似有「望春」的含義。齊己早年曾熱心於功名仕進，是頗有雄心抱負的。然而科舉失利，不為他人所賞識，故時有懷才不遇之慨。「前村深雪裡，昨夜一枝開」，正是這種心境的寫照。自己處於山村野外，只有「風」、「禽」作伴，但猶自「孤根獨暖」，頗有點孤芳自賞的意味。

又因其內懷「幽香」、外呈「素艷」，所以，他不甘於前村深雪「寂寞開無主」的境遇，而是滿懷希望：明年（他年）應時而發，在望春台上獨佔鰲頭。辭意充滿著自信。

寫完後齊己自己十分滿意，就拿去給好朋友鄭谷看，鄭谷在當時也是一位有名的詩人，人們對他的評價很高。鄭谷拿起朋友的詩，半天沒有說話，齊己就有點急了。

斟酌沉吟半天，鄭谷開口道：「詩是好詩，但只需再改一個字，就是一首難得的好詩了。」

鄭谷指了指他的兩句詩：

前村深雪裡，昨夜數枝開。

然後說：「『數枝』並不能表示早，改為『一枝』就很

好了。」齊己聽了，深深作揖，說：「善哉善哉！」

這首詩的立意在於「早」：一場大雪過後，萬物被積雪所蓋，唯見一枝堅毅的梅花蓓蕾初放。「一」在此表示少，但突出的卻是「早」，而「一枝開」也能使人聯想到即將出現的「昂首怒放花萬朵」，其中蘊含的對梅花頑強生命力的讚頌又自在言外。

「一」字妙用，切合了「早梅」的立意，在全詩中起到了畫龍點睛的作用。鄭谷只改一字，而詩歌的意味就大為深化，這首詩因此就更加出名了，後人都稱鄭谷為齊己的「一字師」呢！

僧人續對詩

靈隱寺

——宋之問

鷲嶺鬱岧嶤，龍宮鎖寂寥。
樓觀滄海日，門對浙江潮。
桂子月中落，天香雲外飄。
捫蘿登塔遠，刳木取泉遙。
霜薄花更發，冰輕葉未凋。
夙齡尚遐異，搜對滌煩囂。
待入天台路，看余度石橋。

譯文注釋

　　山峰高聳而又具有蔥蘢之美，靈隱寺裡肅穆空寂。站在小樓可觀看水面上的日出，倚在門旁可看到洶湧的潮水。桂子從天上飄落人間，佛香上飄至九重天。（這可真是一處名勝啊！）

　　（詩人）在靈隱山上，時而攀住藤蘿爬上高塔望遠；時而循著引水瓠木尋求幽景名泉；時而觀賞那迎霜盛開的山花

和未凋的紅葉。自己自幼就喜歡遠方的奇異之景，今日有機會面對這愜意的景色正好洗滌我心中塵世的煩惱了。（我）彷彿登上了天台山上的小路，看到了天台山（倩）溪上的石橋。

背景故事

宋之問，唐代詩人，字延清。汾州（今山西汾陽）人。上元二年（西元675年）進士及第。歷任洛州參軍、尚方監丞、左奉宸內供奉。因諂事張易之兄弟，曾貶瀧州參軍。召為鴻臚主簿，再轉考功員外郎，又諂事太平公主。以知貢舉時貪賄，貶越州長史。睿宗即位，流欽州，賜死。宋之問與沈期齊名，時稱「沈宋」，為近體律詩定型的代表詩人。

靈隱寺在杭州西湖西北武林山下，是東晉時所建的一處佛門聖地。傳說在東晉咸和元年（西元326年），印度僧人慧理看到這座山時，驚歎道：「這簡直就是天竺國靈鷲山的一個小山嶺，不知道是哪年飛來這裡的。佛在世的時候，許多神仙都隱居在這山裡呢！」後來就籌建了這座寺院。

這首詩的作者是宋之問。但是其中堪稱絕唱的「樓觀滄海日，門對浙江潮」，人們卻都傳說是駱賓王作的。

駱賓王因為討伐武則天失敗而亡命天涯，當時的宋之問正好被貶在黔南。唐中宗時，宋之問被放還到了江南。有一天，他正在遊覽杭州靈隱寺，恰是晚上，只見月光皎潔，泉石互映，樹影婆娑，走在長廊裡的宋之問詩性大發，就邊走

邊吟道：

鷲嶺鬱岧嶤，龍宮鎖寂寥。

接著，就再也想不出什麼好詩句了。無論他如何搜腸刮肚費盡心思，總是無法接著吟下去。就在這時，突然身邊出現了一個老僧人，老僧人正在點佛殿上的長明燈，他看見宋之問的表情，就關心地問：「你這麼晚了不睡覺，發什麼呆呢？」宋之問回答說：「剛才突然想要題詠這座寺院，可是思路不暢，吟了一句便接續不下去了。」僧人忙請問上聯。聽完以後，略加思索，便講道：「風景只在口頭，何必向遠方苦求？」宋之問聽了，心中不高興了。他想：在當今，除了王勃、楊炯、盧照鄰、駱賓王四人之外，說作詩，也就數我宋之問了，這老僧也居然來指點我？

於是，他用帶點譏諷的口吻問：「師父難道也會吟詩嗎？」老僧手裡摸著串珠，微微一點頭：「老僧詩雖然不會作，但這句下聯，我倒是已經替你想好了。」

宋之問暗笑：我想了半天都想不出來，這和尚還有什麼佳句呢？他便問道：「既然已經有了，那就說說看。」

老僧一字一字地說給他聽：「樓觀滄海日，門對浙江潮。」宋之問大吃一驚，竟有這樣好的句子！

他深深感到這句對得精工貼切，而且又是如此遒勁雄壯的語言，當時就感到非常驚訝，沒想到在這裡會碰到一個詩才了得之人，他正想要請教這位高人的名姓，僧人卻已經長揖作別，飄然離去了。也正好是這一聯，打開了宋之問的思

路，於是他順理成章地吟完了全詩。

詩中「鷲嶺鬱岧嶢，龍宮鎖寂寥」一句，鷲嶺，即印度靈鷲山，這裡借指飛來峰。，山勢高峻一「鬱」字，見其高聳而又具有蔥蘢之美。龍宮，相傳龍王曾請佛祖講經說法，這裡借指靈隱寺。寂寥，佛家以「清靜」為本，一「鎖」字，更見佛殿的肅穆空寂。這兩句，借用佛家故先寫山，後寫寺，山寺相映生輝，更見清嘉勝境。「樓觀滄海日，門對浙江潮」，是詩中名句。入勝境而觀佳處，開人心胸，壯人豪情，怡人心境。

據說這兩句詩一出，競相傳抄，還有人附會為他人代作。接下去，進一步刻劃靈隱一帶特有的靈秀：「桂子月中落，天香雲外飄。」傳說，在靈隱寺和天竺寺，每到秋爽時刻，常有似豆的顆粒從天空飄落，傳聞那是從月宮中落下來的桂花子。天香，異香，此指祭神禮佛之香。上句寫桂子從天上飄落人間，下句寫佛香上飄九重，給這個佛教勝地蒙上了空靈神祕的色彩。

詩的前六句是詩的主體。下面八句是寫詩人在靈隱山一帶尋幽搜勝的情景和感想：「捫蘿登塔遠，刳木取泉遙。霜薄花更發，冰輕葉未凋。」這是說，詩人在靈隱山上，時而攀住藤蘿爬上高塔望遠；時而循著引水瓠木尋求幽景名泉；時而觀賞那迎霜盛開的山花和未凋的紅葉。這四句雖為旁襯之筆，但透過對詩人遊蹤的描寫，不是更能使人想見靈隱寺的環境之幽美嗎？「夙齡尚遐異，搜對滌煩囂」，是說自己

自幼就喜歡遠方的奇異之景，今日有機會面對這愜意的景色，正好洗滌我心中塵世的煩惱了。

「待入天台路，看余度石橋」。天台山是佛教天台宗的發源地，坐落在浙江天台縣，天台山的溪上有石橋，下臨陡峭山澗。這兩句，乍看似乎離開了對靈隱寺的描寫，而實際上是說因遊佛教勝地而更思佛教勝地。乍行「若離」，而實「不離」。這種若即若離的結尾，最得詠物之妙，它很好地起到了對靈隱秀色的烘托作用。「看余度石橋」不正是詩人遊興極濃的藝術再現嗎？以一幅想像中的遊蹤圖結束全篇，給人以新鮮之感。而其中最精采的部分，無疑是僧人所接的那一聯——「樓觀滄海日，門對浙江潮」。他自己這麼認為，後來的人們也都這麼評價。

傳說就在第二天，宋之問心有不甘，又去找前一晚上碰到的僧人。他想，自己一定要趁這個機會，好好學兩手，可是老僧人已經失去蹤影了。有知道情況的小僧告訴宋之問：「那個人是駱賓王啊！」宋之問聽了，連連歎息，直悔自己和大詩人失之交臂。原來，駱賓王曾隨徐敬業起兵討伐武則天，兵敗以後下落不明。其實，是隱居在靈隱寺，當了高僧。

登科後的喜悅

登科

——後孟郊

昔日齷齪不足誇，今朝放蕩思無涯。
春風得意馬蹄疾，一日看盡長安花。

注　釋

・登科：考上進士叫登科。
・齷齪：指窮困侷促、不得意。
・放蕩：無拘無束。

譯文注釋

　　過去不如意的苦悶日子不值一提，今天金榜題名，鬱結的悶氣已如風吹雲散，心中有說不盡的暢快。

　　迎著春風得意地讓馬兒跑得飛快，一天之內就觀賞完京城長安似錦的繁花。

趣聞篇

背景故事

孟郊是唐朝中期著名的詩人,湖州武康人(現在浙江德清)。唐代的科舉考試是件很重大的事情,每年正月、二月考試發榜,無數人都趕來看榜,而那些考中進士的人們,得意歡樂的心情是可想而知的。

孟郊一生窮困潦倒,雖刻苦讀書,卻到了四十六歲才中進士。中進士後他寫了一首《登科後》,來表達興高采烈的心情。

詩一開頭就直抒自己的心情,說以往在生活上的困頓與思想上的侷促不安再也不值得一提了,今朝金榜題名,鬱結的悶氣已如風吹雲散,心上真有說不盡的暢快。孟郊兩次落第,今次竟然高中鵠的,頗出意料。這就彷彿像是從苦海中一下子被超渡出來,登上了歡樂的峰頂;眼前天宇高遠,大道空闊,似乎只待他四蹄生風了。

「春風得意馬蹄疾,一日看盡長安花」,活靈活現地描繪出詩人神采飛揚的得意之態,酣暢淋漓地抒發了他心花怒放的得意之情。這兩句神妙之處,在於情與景會,意到筆到,將詩人策馬賓士於春花爛漫的長安道上的得意情景,描繪得生動鮮明。

按唐制,進士考試在秋季舉行,發榜則在下一年春天。這時候的長安,正春風輕拂,春花盛開,城東南的曲江、杏園一帶春意更濃,新進士在這裡宴集同年,但詩人並不流連

於客觀的景物描寫，而是突顯出了自我感覺上的「放蕩」；情不自禁吐出「得意」二字，還要「一日看盡長安花」。

在車馬擁擠、遊人爭觀的長安道上，怎容得他策馬疾馳呢？偌大的一個長安，無數春花，「一日」又怎能「看盡」呢？然而詩人盡可自認爲今日的馬蹄格外輕疾，也盡不妨說一日之間已把長安花看盡。雖無理卻有情，因爲寫出了真情實感，也就不覺得其荒唐了。

同時詩句還具有象徵意味，「春風」，既是自然界的春風，也是皇恩的象徵。所謂「得意」，既指心情上稱心如意，也指進士及第之事。

詩句的思想藝術容量較大，明朗暢達而又別有情韻，因而「春風得意馬蹄疾，一日看盡長安花」成爲後人喜愛的名句。

文人的書生意氣

望廬山瀑布
—— 李白

日照香爐生紫煙，遙看瀑布掛前川。
飛流直下三千尺，疑是銀河落九天。

注　釋

・廬山：在江西省九江市南，是中國著名的風景區。
・香爐：即香爐峰，在廬山西北，因形似香爐且山上經常
　　　　籠罩著雲霧而得名。
・紫煙：雲霧被日照呈紫色。
・掛前川：掛在前面的水面上。
・九天：古代傳說天有九重，九天是天的最高層。

譯文注釋

　　陽光照耀下的香爐峰紫色的雲煙繚繞，遠看瀑布猶如一條長長的白鍊，高高懸掛於山川之間。那激越的水柱從峭壁上一瀉千尺，恍惚間好像銀河從雲端墜落。

背景故事

　　李白（西元701年～762年），字太白，號青蓮居士，自稱祖籍隴西成紀（今甘肅秦安），隋末流寓碎葉（今吉爾吉斯斯坦托克馬克附近）。

　　李白少年時期受到很好的家庭教育，十歲誦詩書，觀百家，作詩賦，學劍術，愛好十分廣泛。十五歲左右就寫得一手出色的好文章。

　　開元十四年（西元726年）起，李白三次遊歷，天寶三年秋，李白在洛陽和汴州分別遇見了杜甫和高適，三人便結伴同行，暢遊了梁園和濟南等地，李杜從此便結下了深厚的情誼：「醉眠秋共被，攜手日同行。」（杜甫《與李十二同尋範十隱居》）這一時期，是詩人創作最豐富的時期，代表作品有《夢遊天姥吟留別》、《將進酒》、《北風行》、《梁園吟》等。深刻地揭露現實和強烈的反抗精神，是這個時期作品的顯著特色。寶應元年（西元762年）十一月，李白病死在他的族叔當塗縣令李陽冰家中，終年六十二歲。李白的這首詩，應該是歌詠廬山瀑布的絕唱了。雖然他自己沒有意識到這一點。李白的詩有時不一定經過字句的斟酌，但渾然天成，別有韻致。

　　這是詩人李白五十歲左右隱居廬山時寫的一首風景詩。這首詩具體地描繪了廬山瀑布雄奇壯麗的景色，反映了詩人對祖國大好河山的無限熱愛。

首句「日照香爐生紫煙」。「香爐」是指盧山的香爐峰。此峰在盧山西北，形狀尖圓，像座香爐。由於瀑布飛瀉，水氣蒸騰而上，在麗日的照耀下，彷彿有座頂天立地的香爐冉冉升起了團團紫煙。一個「生」字把煙雲冉冉上升的景象寫活了。此句爲瀑布創造了雄奇的背景，也爲下文直接描寫瀑布渲染了氣氛。

次句「遙看瀑布掛前川」。「遙看瀑布」四字照應了題目《望盧山瀑布》。「掛前川」是說瀑布像一條巨大的白鍊從懸崖直掛到前面的河流上。「掛」字化動爲靜，惟妙惟肖地寫出遙望中的瀑布。詩的前兩句從大處著筆，概寫望中全景：山頂紫煙繚繞，山間白練懸掛，山下激流奔騰，構成一幅絢麗壯美的圖景。

第三句「飛流直下三千尺」是從近處細緻地描寫瀑布。「飛流」表現瀑布凌空而出，噴湧飛瀉。「直下」既寫出岩壁的陡峭，又寫出水流之急。「三千尺」極力誇張，寫出了山的高峻。

這樣寫詩人覺得還沒把瀑布的雄奇氣勢表現得淋漓盡致，於是接著又寫上一句「疑是銀河落九天」。說這「飛流直下」的瀑布，使人懷疑是銀河從九天傾瀉下來。一個「疑」字，用得空靈活潑，若真若幻，引人遐想，增添了瀑布的神奇色彩。

這首詩以九天垂落的銀河爲喻，傳神地展現了盧山瀑布的非凡氣勢。香爐峰間，青煙嫋嫋，瀑布如簾子一樣被造化

掛在了眼前的山峰上。詩人的想像奇特，其誇張手法用得更是鬼斧神工，天造地設。後人誰還敢再來吟詠廬山瀑布呢？

李白在看了崔顥的《黃鶴樓》之後，都甘拜下風地說：「眼前有景道不得，崔顥題詩在上頭。」可見有些藝術是無法超越的。

所以，後人在觀賞廬山瀑布的時候，只會讚歎李白的詩，而沒有底氣自己附會一首了，一般人也都會生出「眼前有景道不得，李白題詩在上頭」的感慨。

然而到了中唐，還是有人來挑戰詩仙了，他就是徐凝。徐凝也是個有才氣的年輕人，在元和年間做過侍郎。當時很被白居易和元稹賞識。他在遊廬山時也寫了《廬山瀑布》：

虛空落泉千仞直，雷奔入江不暫息。

千古長如白錬飛，一條界破青山色。

他自己非常得意這首詩，認為這首完全可以與李白的《望廬山瀑布》相媲美了，所以經常在朋友中炫耀。

客觀地說，這首詩寫得也還不錯，特別是最後一句，景象也很壯觀，白居易就很欣賞這首詩，據說，當年考進士的時候，就是因為這個緣故，徐凝考了第一。

但是隔了一個朝代再看，人們的認識就很清楚了。和李白的詩比起來，徐凝的《廬山瀑布》不免過於直接上不了台面。

幾百年後，蘇軾評論起徐凝的這首《廬山瀑布》，就很憤激地指出：徐凝的詩，連李白詩歌的一點點「飛流濺沫」都比不上呢！

✿ 宮牆外傳來的悠揚笛聲

李謨笛 ——張祜

平時東幸洛陽城，天樂宮中夜徹明。
無奈李謨偷曲譜，酒樓吹笛是新聲。

譯文注釋

天下太平的日子，唐玄宗來到了洛陽城，宮中徹夜燈火通明，宮人們在歌舞中享樂，誰知李謨偷記下了曲調，所以酒樓上傳來了新譜的樂曲聲。

背景故事

張祜，字承吉，清河（今屬河北）人。舉進士不第。元和間以樂府宮詞著稱。然南北奔走三十年，投詩求薦，終未獲官。至文宗朝始由天平軍節度使薦入京，複被壓制。會昌五年投奔池州刺史杜牧，受厚遇，而年已遲暮，後隱居於曲阿。

李謨是唐代著名的音樂家，少年時期就很擅長吹笛。有

一年的正月十四，唐玄宗在宮裡聽了一段新譜的樂曲，樂曲聲調高亢激揚，旋律優美變化極多，洋溢著盛唐風韻。

第二天晚上，他照例在月下飲酒，這時卻從宮牆外傳來一陣悠揚的笛聲，令人驚訝的是，曲調正是他昨晚才剛剛聽過的。而他聽的時候，宮裡的樂師們也才剛剛譜好曲子第一次排練呢！

所以這種情形讓玄宗很吃驚，宮裡的人也不住在外面，是誰這麼快就把宮裡的新歌傳出去了呢？如果不是，有誰那麼聰明，才一聽就能夠學會呀！

第二天，玄宗命令一定要把這個吹笛子的人找到。找吹笛子的人還是容易的，因為此人常常吹笛子，附近的人們都聽過，也知道他平時愛去哪裡，所以官兵們很快就把他找到了。

那人被帶到皇帝面前，玄宗沒料到模仿能力極強的人是這樣一個翩翩少年，心裡一喜，他親切地問道：「你叫什麼名字？」

少年不亢不卑地回答：「小民李謨。」

玄宗又問：「你什麼時候學會吹笛子的？」

李謨說：「從小就學習，學藝還不精湛。」

玄宗說：「那麼，你從哪裡學到的宮裡的樂曲呢？」

李謨有些害怕，只好壯起膽子回答：「回陛下，我昨天晚上在橋下賞月，偶爾聽到了宮中演奏的樂曲。因為喜歡，就記住了。」

玄宗暗暗點頭，認為他是一個不可多得的人才，就問李
謨願不願意留在宮中。李謨本來也沒什麼正經事做，何況在
這裡又能學到更多更好聽的樂曲，哪裡有不願意的道理。於
是李謨就成了梨園裡的樂師了。

很多年以後，中唐的詩人張祜把李謨偷聽曲譜即能學來
吹奏的事情記錄了下來。這就是上面這首詩。

李謨到了宮中以後，認真研習，再加上玄宗對他特別的
恩寵，很快就成了宮廷裡最有名氣的樂師。他自己也很驕傲
和自信，覺得自己吹笛子的技藝已經沒有什麼人能比了。

有一年，他在越州遊玩，當時和幾個少年書生在鏡湖泛
舟，天快晚了，遊船駛入湖心，李謨開始吹奏，引起滿船人
的讚歎，可是奇怪的是，撐船的那個老人卻一言不發，李謨
注意到了，有些氣惱，覺得這老人如果不是耳聾聽不見，一
定是看不起自己了。

這時，一個朋友看出了李謨的不快，就為他解釋道：
「公子息怒，這老頭久居鄉下，沒見過什麼世面。這麼高雅
的音樂，他是聽不懂的。你要認真了，不是對牛彈琴嗎？」

在座一片譁然。是啊！這裡遠離京城，這麼高雅的藝
術，哪裡是任誰都能理會的？

可是那老頭倒不甘心沉默了。他慢吞吞地說：「你們怎
麼知道我不懂樂曲呢？如果我不懂，我就會和諸位一樣，爭
搶著來吹捧李公子技藝高超。可是我偏偏就是太懂了，你們
如果不相信的話，問問李公子他剛才吹的涼州曲，音調裡那

種胡人的聲調，是不是向龜茲人學的？」

聽到這裡，李謨大吃一驚。因為他的老師就是龜茲人。這位老者，應該是個行家啊！

一時間大家又都興奮起來，紛紛請求老者來吹奏一曲。老人接過笛子，對李謨說：「這個笛子並不太好，吹的時候容易破裂，你不擔心嗎？」

李謨說：「沒關係，老人家您只管吹奏就是。」

老人擦了擦笛子，放到了唇邊。一時間，笛聲大作，起音很高，簡直就是聲震雲霄，湖上的水面似乎因這笛聲而起了波紋，在夕陽下泛著一層層金色的亮光，美麗的風景和優雅的音樂使船上的年輕人們忘了自己在什麼地方了。

第二天，李謨誠心來找老人，他覺得難得碰到這麼技藝精湛絕倫的師傅，如果錯過，那才是一生的遺憾呢！可是怎麼找也找不到，李謨只好惆悵地離開了。

從那以後，樂師李謨謙虛多了，因為他親眼見到了世外高人，懂得了山外有山，人外有人的道理。

賈島作詩善推敲

題李凝幽居 ——賈島

閒居少鄰並，草徑入荒園。

鳥宿池邊樹，僧敲月下門。

過橋分野色，移石動雲根。

暫去還來此，幽期不負言。

注　釋

・雲根：古人認為「雲觸石而生」，故稱石為雲根。

・幽期：再訪幽居的期約。

・言：指期約。

譯文注釋

　　詩的大意是：這裡多麼幽靜，沒有鄰居相伴，只有一條雜草叢生的小路通往這荒蕪的園宅。夜深了，月光皎潔，萬籟俱寂，連小鳥都回到池塘邊的樹林裡棲息去了，我還敲不開你的家門，只好回去了。

在我回去的路上，要經過一座石橋，橋的那邊，藉著月光還能看到朦朧的原野，晚風吹來，黑雲飄移，我感到彷彿山石在移動。我這次暫時離去了，不過不久我還會來的，不負共同歸隱的約期。

背景故事

賈島（西元779年～843年），唐代詩人。字浪仙。范陽（今北京附近）人。早年出家為僧，號無本。元和五年（西元810年）冬，至長安，見張籍。次年春，至洛陽，始謁韓愈，以詩深得賞識。文宗時，因誹謗獲罪，貶長江（今四川蓬溪）主簿。

開成五年（西元840年），遷普州司倉參軍。武宗會昌三年（西元843年），在普州去世。賈島詩在晚唐形成流派，影響頗大。早年他曾經參加過多次科舉考試，屢考不中，就出家當了和尚，法名叫無本。他平時最喜歡吟詩，吟詩的時候極其認真專注，對其他事置若罔聞，他為吟出佳句幾乎到了如癡如醉的地步。

有一次，賈島騎著毛驢過長安朱雀大街，正值深秋，颯颯秋風從渭河邊吹來，捲起秋槐的片片落葉。賈島靈感一動，吟出了一句「落葉滿長安」，可突然才思就哽住了，怎麼想也想不出上句來，經過半天的苦思，方對出了一句「秋風吹渭水」。賈島非常高興，卻沒注意衝撞了京兆尹劉棲楚的儀仗隊，劉棲楚一看這和尚是個呆子，把他抓起來關了一

夜就放了。

又有一次，他騎驢去訪問他的好朋友李凝，路上一邊晃悠著，一邊就想出兩句「鳥宿池邊樹，僧敲月下門」的詩來了。一開始，想用「推」字，後來，又想用「敲」字，為這一個字，很費腦筋，而又定不下來。他一邊在驢背上念叨，一邊用手反覆地做「推」和「敲」的動作，借助手勢，決定取捨。

這時，大文學家韓愈騎馬過來。韓愈當時任吏部侍郎，是管理京師的地方長官，走在街上，前呼後擁，好不氣派！賈島只顧想他的詩，不知不覺騎著驢衝進韓愈的隊伍中來了。一個山村野人如此「放肆」，那還了得！那些手下人便把賈島帶到韓愈馬前，請示該怎麼處置。

賈島如實地把剛才想詩的事告訴了他，說自己不知道該用哪個字才好。韓愈思考了許久，才回答他：「還是用『敲』字好。」韓愈對賈島這種勤奮思考、嚴謹精細的精神很讚賞，就和他並排而行，一個乘馬，一個騎驢，打道回府，互相談論詩歌創作，非常投機。於是，他們成了好朋友，而「推敲」這兩個字，也就成為認真選擇文字的代用詞流傳至今。這就是歷史上有名的「推敲」的來歷。

首聯「閒居少鄰並，草徑入荒園」，詩人用很簡潔的手法，描寫了這一幽居的周圍環境：一條雜草遮掩的小路通向荒蕪不治的小園；近旁，亦無人家居住。淡淡兩筆，十分概括地寫了一個「幽」字，暗示出李凝的隱士身分。

「鳥宿池邊樹，僧敲月下門」，是歷來傳誦的名句。宿在池邊樹上的鳥都能看到嗎？其實，這正見出詩人構思之巧，用心之苦。正由於月光皎潔，萬籟俱寂，因此老僧（或許即指作者）一陣輕微的敲門聲，就驚動了宿鳥，或是引起鳥兒一陣不安的躁動，或是鳥從窩中飛出轉了個圈，又棲宿巢中了。作者抓住了這一轉瞬即逝的現象，來刻劃環境之幽靜，鬧中寓靜，有出人意料之勝。倘用「推」字，當然沒有這樣的藝術效果了。

　　頸聯「過橋分野色，移石動雲根」，是寫回歸路上所見。過橋是色彩斑斕的原野；晚風輕拂，雲腳飄移，彷彿山石在移動。「石」是不會「移」的，詩人用反說，別具神韻。這一切，又都籠罩著一層潔白如銀的月色，更顯出環境的自然恬淡，幽美迷人。

　　最後兩句是說，我暫時離去，不久當重來，不負共同歸隱的約期。前三聯都是敘事與寫景，最後一聯點出詩人心中幽情，托出詩的主旨。正是這種幽雅的處所，悠閒自得的情趣，引起作者對隱逸生活的嚮往。

　　此後韓愈對賈島推崇備至，他認為簡直就是天上派來接替孟郊寫詩的。後人常常把他們二人並稱，評價為「郊寒島瘦」，說的就是孟郊詩的冷僻孤獨和賈島詩的瘦硬凄苦。

❀ 四字考神童

蜀道後期 ——張說

客心爭日月，來往預期程。

秋月不相待，先至洛陽城。

譯文注釋

做客他鄉的遊子都想早些回去，就好像日月競爭一樣，事先預定好了日期和路程，可是誰知，秋風竟不肯等候我，只得讓你先到洛陽去。

背景故事

張說，唐代文學家，字道濟。原籍范陽（今河北涿縣），世居河東（今山西永濟），徙家洛陽。武后時授太子校書，累官至鳳閣舍人。因忤旨流配欽州，中宗朝召還。睿宗朝同中書門下平章事。

玄宗開元初，因不附太平公主，罷知政事。複拜中書令，封燕國公。出爲相州、嶽州等地刺史，又召還爲兵部尚

書、同中書門下三品，遷中書令，俄授右丞相，至尙書左丞相。卒，諡號文貞。

張說前後三次爲相，掌文學之任凡三十年，爲開元前期一代文宗，歷史傳說有他以「方圓動靜」四個字考七歲李泌的故事。

李泌是唐代著名的政治家，曾輔佐唐肅宗、代宗和德宗三個皇帝，參與平定安史之亂和後來的軍閥叛亂，對唐代的政治穩定起到了重要的作用。

據說他是唐玄宗時期著名的神童，七歲時他的詩文就很有名氣。唐玄宗聽說了這件事，下令召李泌進宮面試。當時唐玄宗與宰相張說正在下圍棋，二人看著被領進來的小孩，都不相信他會作詩。唐玄宗側身問：「叫什麼名字？」

李泌忙說：「回皇上，我叫李泌。」

「幾歲了？」

「七歲。」

唐玄宗又問：「人們傳說你是神童，作詩很好，這可是真的？」

李泌說：「稱不上神童，但我會作詩。」

玄宗於是讓宰相張說考一考他，張說問他：「你與我對詩如何？」

李泌毫不膽怯地回答：「可以。」

張說馬上提出了難題：「我們要以『方圓動靜』爲題作四句詩，並將這四個字爲每句詩的第一字。」

李泌很輕鬆地說：「請先生先詠。」

張說想了一下吟道：

方如棋局，圓如棋子。

動如棋生，靜如棋死。

李泌不假思索接著詠道：

方如行義，圓如用智。

動如逞才，靜如遂意。

唐玄宗站起來稱讚道：「好詩！真不愧神童之稱！」

張說也感到這個小孩才智過人，所詠的後四句比他的前四句要高明多了，忙向皇上道賀：「這真是聖明時代的大喜啊！」唐玄宗非常高興，賞了李泌許多物品，還賜他到東宮伴太子（後來的唐肅宗）讀書。

⚙ 借用神來之筆

省試湘靈鼓瑟

—— 錢起

善鼓雲和瑟，常聞帝子靈。

馮夷空自舞，楚客不堪聽。

苦調淒金石，清音入杳冥。

蒼梧來怨慕，白芷動芳馨。

流水傳瀟浦，悲風過洞庭。

曲終人不見，江上數峰青。

注　　釋

- 湘靈：湘水之神。
- 鼓：彈奏。
- 瑟：一種絃樂器。
- 善鼓二句：雲和古山名。
- 帝子：即傳說中的五帝之一堯的女兒娥皇、女瑛，她們
  是舜的妻子。舜死，二妃灑淚竹上，染竹成斑。妃
  死化為湘水女神，即湘靈。

- 馮夷兩句：楚客，楚地客人，指歷代被貶謫南行經過湘
水的人，如漢代的賈誼等；馮（音）夷，傳說中的
河神名。
- 苦調二句：杳冥，遙遠的天空。
- 蒼梧二句：蒼梧，指舜帝。相傳舜南巡，死於蒼梧之野。
- 白芷：香草名。
- 瀟浦：瀟水之岸。瀟水與湘水均在湖南。

譯文注釋

　　常聽說湘水之神很靈巧，善於彈奏雲和瑟。（那瑟曲，吸引了名叫馮夷的水神，使他忍不住在水上跳起舞來。）但馮夷並沒有真正聽懂在美妙的樂聲中隱藏的哀怨淒苦的情感，這種歡舞是徒然的。那些「楚客」懂得湘靈的心意，他們聽到這樣哀怨的樂聲，怎能不感到十分難過呢！

　　怨苦的調子使金石也感到悽楚，清亮的樂音一直傳到遙遠的蒼穹。音樂驚動了舜帝之靈，他也感到哀怨和思慕，白芷也受到感動，越發吐出芬芳。樂聲在水面上飄揚，廣大的湘江兩岸都沉浸在優美的旋律之中。

　　寥闊的湘水上空，都迴盪著哀怨的樂音，它彙成一股悲風，飛過了八百里洞庭湖。一曲結束空聞其聲，不見伊人，只看到了江邊上的數座山峰。

錢起,字仲文,排行大,吳興(今浙江湖州)人。天寶十年(西元751年)進士,授祕書省校書郎。安史之亂後任藍田縣尉。終考功郎中、大清宮使。與郎士元、司室曙、李益、李端、盧綸、李嘉等合稱「大曆十才子」,有《錢仲文集》,《全唐詩》存詩四卷。

　　唐玄宗天寶九年(西元750年)冬,錢起進京參加禮部舉行的省試。有一天晚上,他到一家客棧投宿。窗外明月高懸,長夜漫漫,錢起一時難以入睡,就獨自一人在室內走來走去,不斷地吟哦著詩句。忽然就聽見窗外有人念詩:

　　曲終人不見,

　　江上數峰青。

　　錢起覺得奇怪:夜已深了,什麼人還在寒冷的窗外獨自行吟呢?便披上衣服走出室外,只見明月在天,四周寂寂,哪有一個人影呢?他想,是誰呢?莫非是鬼不成?雖然沒有見到,但他所吟的兩句詩,錢起卻牢牢地記在心頭。

　　第二年正月,禮部的進士科舉考試如期舉行,詩賦一場主考官李瑋所出的詩題是《湘靈鼓瑟》,限以「青」字為韻。前邊寫得很順,只是到最後兩句該收筆了,他卻怎麼也收不住,想不出更好的句子。突然,他想起一年前不知什麼人吟的「曲終人不見,江上數峰青」兩句,最合適了,就把這兩句寫到自己詩的結尾處。心裡暗想:真是天助我也!便

舉筆完成了這首詩。

　　題目《湘靈鼓瑟》本身是神話傳說，作者運用浪漫主義
手法展現了廣闊的藝術空間。詩人借助神話，透過側面寫法
來表現音樂的藝術效果。湘靈鼓瑟使河神起舞，使被貶楚客
不忍聽聞，連葬於蒼梧的舜帝之靈都被驚動了，甚至連最堅
硬的金石也產生了淒苦之情，白芷更因爲感動而芬芳盡吐。
這樣雖然沒有正面寫音樂本身，但卻從側面寫出了音樂動人
心魄的藝術效果。

　　另外，此詩還利用環境描寫，透過想像，進一步突出了
音樂神奇的力量。它隨流水傳到瀟湘兩岸，隨悲風（風也被
感動了）吹過八百里洞庭，清音直入浩渺的蒼冥。這些描寫
給全詩塗上一層神奇無比、瑰麗多姿的浪漫主義色彩。

　　值得一提的是結尾的兩句「曲終人不見，江上數峰青」，
不僅緊扣題旨「湘靈鼓瑟」，而且「人不見」更使人感到湘
靈的神祕莫測，似真似幻的音樂消失了，但它的餘韻彷彿還
在峰間繚繞，綿綿不絕，令人回味無窮。

　　傳說錢起把路上在客棧聽到的兩句詩用在結尾，與自己
的詩渾然一體，妙手天成。主考官李瑋一見，擊節吟誦，大
加讚賞。他尤其喜愛結尾兩句，稱爲絕唱，錢起也因此一舉
進士及第。

感悟篇

人生之無常，正如天地之蒼茫。在人生中當我們碰到各種境遇時，一定會發出許多感慨，或是感歎人生苦短，或是憂思古人，或是歎老嗟卑，或是意氣風發、笑談人生……人生雖然由許多具體內容組成，但是卻有許多共通之處，讓我們從唐詩裡面領略一下古人的心得。

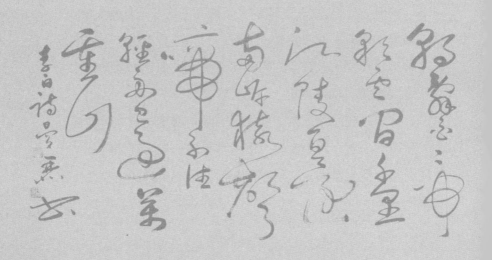

❀ 風蕭蕭兮易水寒

易水送別

——駱賓王

此地別燕丹，壯士髮衝冠。
昔時人已沒，今日水猶寒。

注　釋

- 易水：在今河北易縣。作者在易水之濱送別友人，自然
  會想起荊軻刺秦王的故事，因此，詩題名為送別，
  實借歷史故事抒懷詠志，表達詩人決心推翻武則天
  統治，匡複李唐王朝的「報國」熱情。
- 燕丹：即戰國末年的燕太子丹。
- 壯士：指荊軻。
- 沒：死亡。

譯文注釋

　　在這個地方與燕太子丹別離，荊軻激憤得頭髮都豎了起
來頂到了帽子。古時候的人已經不存在了，而現在的河水卻

依舊寒冷。

背景故事

　　駱賓王，唐朝義烏人，初唐時期著名的文學家。和同時期的三位詩人王勃、楊炯、盧照鄰並稱為「初唐四傑」。這首《易水送別》講的是荊軻刺秦王的典故。

　　戰國時期，秦王想獨霸天下，派兵向燕國逼近，燕太子丹萬分恐慌。流落到燕國的荊軻為了報答太子丹對自己的恩德，準備赴湯蹈火，刺殺秦王。怎樣才能使秦王接見自己呢？他苦苦思索，終於想起了秦王的仇人樊於期。樊於期是秦國將領，因得罪秦王，逃到燕國避難。

　　秦王正用千金和一萬戶人口的封地買他的頭。荊軻想，如果我將他的頭和燕國督亢的地圖一起獻上，秦王必定會高興地接見我，那時就有機會行刺了。

　　於是荊軻前去拜訪樊於期，把刺殺秦王的計謀告訴他。樊將軍聽了，激動而憤怒地說：「這正是我日夜盼望的事啊，今天終於機會來啦！」說罷，拔劍自刎。荊軻將樊將軍的頭裝入木匣封好，又將一把有毒的匕首藏在卷起的地圖裡，與太子丹商定了啟程的日子。

　　出發那天，太子丹和瞭解內情的朋友都穿著白衣、戴著白帽，來到易水邊送行。大家迎著刺骨的寒風，心情異常沉重。這時，高漸離在岸邊敲起竹制的樂器，荊軻和著樂聲高聲唱道：「風蕭蕭兮易水寒，壯士一去兮不復返！」那慷慨

激昂的歌聲，激盪著易水，震撼著人心，連頭髮梢都向上豎了起來。佇立岸邊的人們禁不住掉下熱淚，目送著壯士的車馬漸漸遠行……

後來荊軻來到了秦國，用匕首擊秦王未中，被秦王殺死。

詩人駱賓王長期懷才不遇，抑鬱不得志，親身遭受武氏政權的迫害，愛國之志無從施展，因而在易水送友之際，自然地聯想起古代君臣際會的悲壯故事，借詠史以喻今，為下面抒寫抱負創造了環境和氣氛。

「昔時人已沒，今日水猶寒」兩句，是懷古傷今之辭，抒發了詩人的感慨。既是詠史又是抒懷，充分肯定了古代英雄荊軻的人生價值，同時也傾訴了詩人的抱負和苦悶，表達了對友人的希望。「今日水猶寒」中的「寒」字，寓意豐富，深刻表達了詩人對歷史和現實的感受。首先，「寒」是客觀的寫景。

此詩作於冬天，冬天北方的河水自然是寒冷的。其次，「寒」是對歷史的反思。荊軻這樣的古代英雄，雖然奇功不就，但也令人肅然起敬，詩人是懷著深切緬懷之情的。荊軻其人雖然早就不復存在了，可這位英雄嫉惡如仇、視死如歸的英雄氣概還在，作為歷史見證的易水河還在。詩人面對著易水寒波，彷彿古代英雄所唱的悲涼激動的告別歌聲還縈繞在耳邊，凜然而產生一種奮發之情。

夕陽無限好，只是近黃昏

樂遊原
—— 李商隱

向晚意不適，驅車登古原。

夕陽無限好，只是近黃昏。

注　釋

- 樂遊原：建於漢宣帝時的一處廟苑，即樂游苑，因地勢
  高敞，又稱樂遊原。在陝西長安南八里，其地居當
  時長安京城最高處，登臨可覽全城，為漢唐時一旅
  遊勝地。

譯文注釋

　　傍晚時分我心情抑鬱，駕車登臨舊時的樂遊原。夕陽下
的晚景無限美好，只可惜時光臨近黃昏。

背景故事

　　李商隱（約813年～約858年），唐代詩人，字義山，號
玉溪生，唐懷州河內（今河南泌陽）人。開成進士，曾任縣

尉、祕書郎和東川節度使判官等職。李商隱出身孤貧，後來因婚姻問題捲入當時的牛李黨爭，備受排擠，潦倒終身。

這種「報國無門」的遭遇，使李商隱寫出許多反映民生疾苦，揭露和批判當時藩鎮割據、宦官擅權和上層統治集團腐朽糜爛的黑暗政治的詩篇。他的詠史詩多托古以斥時政；無題詩也有所寄寓，至其實義；愛情詩深情動人。

他擅長律絕，富於文采，構思精密，情致婉曲，具有獨特風格。然用典多，意旨隱晦。李商隱的散文也寫得很好，文采華美，風格獨特；駢文婉約雅致，蜚聲於晚唐文壇。

有一天傍晚，李商隱坐著馬車來到了今陝西省西安市東南的樂遊原，那裡環境優美，山清、水綠、木秀、花繁。這時候，他憑高遠望，在夕陽的餘暉下，長安的繁華鬧市，郊野的山光水色，盡收眼底，一覽無餘。這是美好的大自然，美好的人間。然而，這美好的一切，即將淹沒在夜幕中了，這怎能不讓人悲從中來呢？李商隱不爲離愁別恨，不爲懷古傷今，只爲自己熱愛這美好的晚景，卻又無法將它長久挽留，更無法拒絕夜幕的來臨，增添了一絲愁緒，發出好景不常、良辰易逝的惋歎。眼中之景、心底之情，在此相互交映。

詩人李商隱從大自然興衰相繼的現象中，領悟出世間萬物盛極必衰的道理，也因此油然產生了一種對美好事物留連惋惜之情，慨歎人生的短暫。爲此，他揮筆寫了這首《樂遊原》詩，透過對古原夕照的晚景描繪，抒發對大好時光的戀惜之情和無可奈何的心境。

　　這首詩字句通俗易懂：天光向晚，心裡有些不舒服，驅車登上古老的樂遊原。夕陽無限美好，只是已臨近黃昏。但淺白的語句，卻能誘發人們豐富的想像：站在高高的樂遊原上，極目遠眺，夕陽西下，晚霞似錦，絢麗的霞光靜靜地染紅了天空大地，萬物籠罩在淡淡的薔薇色中。這一刻如此輝煌，如此壯麗，如此燦爛，也如此短暫，黃昏已悄悄臨近，一切光彩將要歸於黯淡。

　　也許詩人僅僅是如實地寫出眼前之景，但後人卻眾說紛紜，有人說表現詩人熱愛陽光、嚮往光明；有人說預言唐王朝行將衰亡，表現對唐王朝腐朽沒落的悲憤；也有人說「只是」沒有轉折意味，這首詩是讚美臨近黃昏的夕陽最美麗……「嚮往光明」、「預言一個朝代的沒落」是現代人的觀念，是強加給古人的，是牽強附會的。「只是」有沒有轉折意味又有什麼關係呢？畢竟美好的夕陽臨近黃昏會很快消失是客觀的自然規律。不管詩人是有心還是無心，我們讀此詩時確實能感受到好景不長久的遺憾。

　　「夕陽無限好，只是近黃昏」是自然的尋常之景，詩人敏銳地捕捉到那一瞬間的感受，並巧妙地表現出來，文字那麼淺顯，回味又那麼悠長，有對自然的熱愛，有對生命的無限依戀，有人生暮年對歲月流逝的無可奈何。

🌀 數百年後的赤壁隨想

赤壁

──杜牧

折戟沉沙鐵未銷，自將磨洗認前朝。
東風不與周郎便，銅雀春深鎖二喬。

注　釋

- 赤壁：今湖北省黃州，亦說今湖北赤壁市西北之赤壁山。漢獻帝十三年（西元208年）吳蜀聯軍在此大敗曹操。

- 戟：一種可直刺橫擊的兵器。

- 將：拿起。

- 東風句：當時周瑜採用部將黃蓋火攻之計，正好東南風起，火乘風益烈，盡燒北船，曹軍大敗。

- 銅雀：台名，為曹操於建安十五年（西元210年）在鄴城所築，因樓頂有大銅雀而得名。曹操晚年擁其姬妾在台中享樂。

・ 二喬：即大喬、小喬，江東喬公之女，分別嫁給孫策、
　　　周瑜。兩句是說若非東風給周郎以便利，則孫吳將
　　　被曹操所滅，二喬也將被擄去藏於銅雀台中了。

譯文注釋

　　有人發現了一把埋在沉沙中的斷戟，它的鐵刃還未被銷蝕，我將它拿來磨洗一番，認得這遺物屬於三國時代。假如不是東南風給了周郎戰場上的便利，高高的銅雀台就會鎖住二喬。

背景故事

　　杜牧（西元803～853年），字牧之，京兆萬年（今陝西西安）人，宰相杜佑之孫。大和二年進士，授宏文館校書郎。多年在外地任幕僚，後歷任監察御史，史館修撰，膳部、比部、司勳員外郎，黃州、池州、睦州刺史等職，最終官至中書舍人。

　　爲晚唐傑出詩人，尤以七言絕句著稱。擅長文賦，其《阿房宮賦》爲後世傳誦。注重軍事，寫下了不少軍事論文，還曾注釋《孫子》。有《樊川文集》二十卷傳世，爲其外甥裴延翰所編，其中詩四卷。後人稱他爲小杜，以區別於杜甫（老杜）。

　　湖北武昌西南的赤磯山，是三國時代著名的赤壁之戰的戰場。杜牧站在古戰場上，面對滔滔長江，心裡很不平靜。

他剛剛得到一把埋藏已久的折斷的鐵戟。經過一番磨洗，他發現這是三國遺物。杜牧不禁感歎：哇！六百年前赤壁大戰的遺物竟未銷蝕。他手握鐵戟，放眼長江，心潮起伏……

這時候，杜牧想到那赤壁之戰的前夜，如果老天刮起西風，周郎的火船怎麼也不能靠近曹軍，戰爭的結果就會是曹操大軍橫掃江東，把東吳的兩位高貴美人——國主孫權的大嫂大喬、周瑜的妻子小喬搶去關在銅雀台上，供他們使喚。唉！老天把東風送給了周郎，這才造就了一代英雄呀！想到這裡，杜牧吟出了一首《赤壁》詩。

詩作開篇憑一支古戟說起，引出對古人和古事的感喟。在赤壁大戰中被遺棄的一支斷戟，沉沒水底沙中六百多年，還未被銹蝕掉，被今人發現。經過自己一番磨洗，終於確認爲當年遺物，於是喟歎。

由折戟聯想到漢末分裂動亂，想到戰役的重要意義，更想到了那次戰役的重要人物。睹物思人，思接前朝。前兩句寫明喟歎之因，後兩句爲喟議。

赤壁戰役中，周瑜主要採用火攻，戰勝了數倍於己的曹軍。他之所以火攻奏效，是因爲在決戰時刻，正好刮起了對己方有利的東風。

東風是致勝的關鍵，所以詩人將東風置於重要地位來寫。但是他偏不從正面來描寫東風助周郎致勝，卻從反面以假設下言：倘若東風不給周郎方便，那曹操就爲勝者，大喬與小喬自然要被擄去，鎖於銅雀台上以供曹操享用了。

由於二喬並非民婦，而是屬於東吳最高階層之貴婦，雖與戰役無關，而其身分地位卻代表東吳國家尊嚴。東吳不亡，二人哪能囚於銅雀台呢？故作者以「銅雀春深鎖二喬」來喟歎假設之下曹操得勝的驕橫和東吳亡敗的屈辱，形成強烈的反差。同時用美人襯顯英豪，與上句周郎相映生輝，更凸顯其情致。

有感於歷史變遷而作的詩

烏衣巷
——劉禹錫

朱雀橋邊野草花，烏衣巷口夕陽斜。
舊時王謝堂前燕，飛入尋常百姓家。

注釋

- 朱雀橋：橫跨南京秦淮河上，是由城中心通往烏衣巷的必經之路。橋同河南岸的烏衣巷，不僅地點相鄰，歷史上也有瓜葛。東晉時，烏衣巷是名門貴族的聚居地，開國元勳王導和指揮淝水之戰的謝安都住在這裡。舊日橋上裝飾著兩隻銅雀的重樓，就是謝安所建。在字面上，朱雀橋又與烏衣巷偶對天成。
- 斜：斜照之意。

朱雀橋邊的野草正開花，烏衣巷口的夕陽西斜。昔日王謝豪門堂前的飛燕，如今只得飛入普通百姓家築巢。

劉禹錫（西元772～842年）字夢得，彭城（今江蘇徐州）人，是匈奴人的後裔。唐代中期詩人、哲學家。他的家庭是一個世代以儒學相傳的書香門第。政治上主張革新，是王叔文派政治革新活動的中心人物之一。

劉禹錫耳濡目染，加上天資聰穎，敏而好學，從小就才學過人，氣度非凡。他十九歲遊學長安，上書朝廷。二十一歲與柳宗元同榜考中進士。同年又考中了博學宏詞科。

後來他在政治上不得意，被貶為朗州司馬。但他沒有自甘沉淪，而是以積極樂觀的精神進行創作，向民歌學習，創作了《采菱行》等仿民歌體詩歌。

一度奉詔還京後，劉禹錫又因詩句「玄都觀裡桃千樹，盡是劉郎去後栽」觸怒新貴，被貶為連州刺史。後被任命為江州刺史，在那裡創作了大量的《竹枝詞》，其中名句很多，廣為傳誦。

後來，經多次調動，劉禹錫被派往蘇州任刺史。當時蘇州發生水災，餓殍遍野。他上任以後開倉賑饑，免賦減役，很快使人民從災害中走出，過著安居樂業的生活。蘇州人民

愛戴他，感激他，就把曾在蘇州擔任過刺史的韋應物、白居易和他合稱爲「三賢」，建立了三賢堂。皇帝也對他的政績予以褒獎，賜給他紫金魚袋。劉禹錫晚年回到洛陽，任太子賓客，與朋友交遊賦詩，生活閒適。死後被追贈爲戶部尚書。

在東晉時代，烏衣巷是豪門貴族居住的地方，其中以王導、謝安爲首的兩家勢力最盛。西晉滅亡後，北方一些少數民族和漢族地主紛紛建立割據政權，彼此混戰，進入十六國時期。而在南方，以建康（今江蘇省南京市）爲中心，出現了司馬睿建立的政權，歷史上稱爲東晉。

東晉是在北方和南方世家大族支持下建立的。特別是王導，是司馬睿的主要謀士，是世家大族之間的聯絡人，對建立東晉功勞極大。司馬睿在登極大典上，竟然拉著王導要與他同坐禦床，共受百官朝拜。只是由於王導堅決推辭，才沒有實現。這是歷史上從來沒有過的事。當時，王導位居宰輔，掌握著中央的行政大權，其兄王敦則手握重兵，鎮守荊州。其他許多王氏家族中人，大多擔任著重要官職。

再說謝家，西元383年，爆發了中國歷史上有名的淝水之戰，交戰的雙方是東晉和前秦，東晉的主帥便是謝安，其重要將領有謝石、謝玄和劉牢之。淝水之戰的勝利，使得謝氏家族勢力更強。

當年烏衣巷車騎喧鬧，冠蓋相望，風流雅士雲集，點綴升平。但是，昔日的王謝豪強已灰飛煙滅，烏衣巷變得冷落蕭條。詩人有感於此，以冷峻的語言寫了《烏衣巷》一詩。

詩中借晉代顯赫一時的王謝世族沒落後的衰敗景象，暗示時下權貴不會有比王謝更好的命運。

首句「朱雀橋邊野草花」，用朱雀橋來勾畫烏衣巷的環境，句中引人注目的是橋邊叢生的野草和野花。草長花開，表明當時是春季。而一個「野」字，點出了景色的荒僻。

詩人這樣突出「野草花」，正是爲了表明昔日車水馬龍的朱雀橋，如今已荒涼冷落了。

第二句「烏衣巷口夕陽斜」，表現出烏衣巷不僅是映襯在敗落淒涼的古橋的背景之下，而且還呈現在斜陽的殘照之中。「夕陽斜」三字凸顯出了日薄西山的慘澹景象。鼎盛時期的烏衣巷口，車水馬龍、人來人往。而現在，作者卻用一抹斜暉，使烏衣巷完全籠罩在寂寥、慘澹的氛圍之中。

接著，詩人繼續借景物描繪，寫出了膾炙人口的名句：「舊時王謝堂前燕，飛入尋常百姓家。」他出人意料地把筆觸轉向了烏衣巷上空的飛燕，讓人們沿著燕子飛行的方向看去，得以發現如今的烏衣巷裡居住的是普通百姓人家。爲了使讀者明白無誤地領會詩人的意圖，作者特地指出，這些飛入百姓家的燕子，過去卻是棲息在王謝權門高大廳堂的簷檁之上。

「舊時」兩字，賦予了燕子歷史見證人的身分，「尋常」兩字，又特別強調了今日是多麼不同於往昔，從中，我們可以清晰地看到作者對這一變化所發出的無限感慨。

尋找心靈的歸宿

題破山寺後禪院　　　——常建

清晨入古寺，初日照高林。
曲徑通幽處，禪房花木深。
山光悅鳥性，潭影空人心。
萬籟此俱寂，但余鐘磬音。

注　釋

・破山寺：即興福寺，位於今江蘇省常熟縣境內虞山北麓。
・萬籟：指一切聲響。

譯文注釋

　　清晨我走過古老的寺院，初升的太陽照耀著高峻的山林。彎曲的小道通向幽靜的地方，禪房坐落在繁花秀木的深處。山林的風光使小鳥怡然自得，潭中的倒影使人忘卻俗塵。自然界的一切聲響在此都已寂靜，只聽見報時拜神的鐘磬聲。

背景故事

常建，生卒年不詳，開元十五年（西元727年）中進士。他一生官運不佳，不和名流通聲氣，交遊中無達官貴人。他有一個嗜好，就是喜歡遊覽名山勝景。有一年春天，他來到了江蘇常熟，聽人說該地有個破山寺很有名氣，就有意去看一看。

破山寺在常熟虞山北麓，其名來自一則神話故事。相傳貞觀十年，龍門山裂了，當時有個高僧路過此山，這時龍變成了一個人，高僧就念佛喚神與龍決鬥，結果龍被打敗破山而去，寺廟因此得名。

一天早晨，常建起床後，飯也沒有吃就獨自信步走進了破山寺，清晨的寺廟景色令人心曠神怡，忘記了人間的煩惱。但此時的他無意於對整個寺廟的遊覽，只想重點看看後禪院。所以，他沒有在大雄寶殿流連，而是沿著一條曲折幽靜的竹林小道，向花木之中的禪房走去。

來到禪房，他看到僧侶們個個閉目誦經，如不受人世雜務的煩擾，詩人感到自己彷彿也脫離了人世間，感到無限的輕鬆歡娛。宦途坎坷的詩人處在這樣一個修身養性的好地方，長期隱而不露的感情終於流露出來，脫口吟出了一首《題破山寺後禪院》。詩中透過對古寺幽深寂靜環境的描寫，表現了詩人寄情山水、淡泊寧靜的生活態度。

清晨進入古老的破山寺，初升的旭日映照著巍峨挺拔的

山林。一、二兩句以白描的手法勾勒出沐浴在晨輝中的古老的寺院、古木參天的茂密叢林的倩影，清新之氣撲面而來。

　　曲折的小路通向幽深的處所，禪房掩映在花木蔥蘢中。三、四兩句描繪後禪院的景觀。曲徑、禪房、幽、深，抓住最有特色的景物，寥寥數字，渲染出後禪院的幽深靜寂，似乎平平道來，卻飽含玄機。「曲徑通幽」留給人們多少遐想。「曲徑通幽」一作「竹徑通幽」。

　　青山明媚的翠色使鳥兒發出歡悅的鳴叫，深潭變幻的波影讓人心靈澄澈透明。五、六兩句從客觀描寫轉向主觀感受，但仍以具體物象加以形象化的傳遞，古寺的清幽不僅賞心悅目，而且能蕩滌一切世俗的煩惱，詩人置身其中，感受到深深的喜悅。

　　此時，在古老的破山寺，一切聲響俱已沉寂，只聽見鐘與磬的聲音。鐘與磬，是寺廟常用的法器。最後兩句，杜絕了一切塵世的喧囂，只有悠揚的鐘聲徐徐鳴響，伴著清越的磬音，在靜寂的古寺迴旋往復，餘韻嫋嫋，滲入我們靈魂深處，讓人頓悟禪機。

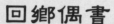# 五十年後回鄉的感慨

感
悟
篇

0
8
4

回鄉偶書 ——賀知章

少小離家老大回，鄉音未改鬢毛衰。
兒童相見不相識，笑問客從何處來？

注　釋

• 衰：稀疏之意，一作摧。

譯文注釋

　　少小時離開家園，年老才回來，鄉音沒有改變，鬢髮已
經斑白。兒童看見我都不認識，笑問：「客人你從哪裡來？」

背景故事

　　賀知章，字季真，越州永興（今浙江蕭山）人。少以文
詞知名，武后證聖元年（西元695年）進士及第。開元十一
年（西元723年）遷禮部侍郎，後為太子賓客，祕書監。

　　天寶二年（西元743年）冬，因病請還鄉，獲賜鏡湖剡

川一曲。次年正月起行，玄宗親賜詩，太子以下百官賦詩餞行。歸後不久即病逝，年八十六，後贈禮部尙書。

他是「吳中四士」（賀知章、張旭、包融、張若虛）中仕途最得意者，其他三人都官小職卑，位沉下僚。《全唐詩》存其詩一卷，二十首。他在年輕時，便來到長安參加進士考試，並依靠自己的才學中了榜。

在唐玄宗開元年間，他先後擔任過多種官職，最後做到太子賓客、銀靑光祿大夫兼正授祕書監，因此人們都稱他爲「賀監」。但他愛好飲酒，自號「四明狂客」，杜甫在《酒中八仙歌》中描寫他「知章騎馬似乘船，眼花落井水底眠」，把他的醉態描寫得淋漓盡致。賀知章善於草書，他的草書在當時被稱爲一絕，可惜沒有留傳下來。

唐玄宗天寶三年（西元744年），賀知章已八十多歲了，他感到自己年紀太大，沒有精力再做官，於是向玄宗上書，要求告老還鄕，去當道士。

唐玄宗同意了，並把他故鄕的鏡湖賜給他作爲放生池。臨走時，唐玄宗還命皇太子以及百官爲賀知章賦詩送行。賀知章離家已有五十多年，回到家鄕時，親朋好友多數已亡故，而孩子們都不認識他，常常把他當做外來的客人。他對此非常感慨，於是寫出了七絕《回鄕偶書》。

本詩「從反面寫久客傷老之情」。一個多年客居他鄕的遊子回到了故土，離家時靑春年少，風華正茂，歸來已變成華髮稀疏的老人。幾十年的歲月就在「少小」與「老大」之

間倏忽而過，真是韶光易逝，人生短暫，不由得讓人傷感唏噓；離家多年卻「鄉音未改」暗喻故土難忘。久別的故鄉還是我記憶中的模樣嗎？我的故鄉還記得我嗎？我們彷彿看見一個容顏上寫滿滄桑的老人感慨萬千地走在回鄉的路上。

接下來，詩人並沒有寫感慨的具體內容，而是將筆宕開，擷取了非常平常的一個生活片段──兒童看見陌生的面孔，好奇地問：「客人，你從哪裡來？」兒童的提問出乎自然，合情合理，詩人聽來卻頗為詫異，這是我的故鄉呵！我怎麼成了我的故鄉的客人了？詫異中有可笑，可笑中有對時光流逝的深深無奈。詩歌在此處戛然而止，在這裡，我們看到率真的童趣，我們更感受到詩人內心的波瀾！一生多少起伏曲折，多少世事滄桑，都付與小孩子天真爛漫的一問，確實是意味深長。

身在異鄉遇故人

雜詩

——王維

君自故鄉來，應知故鄉事。
來日綺窗前，寒梅著花未。

注　釋

· 來日：指動身前來的那天。
· 綺窗：雕飾精美的窗子。

譯文注釋

　　你剛剛從故鄉到來，一定知道關於故鄉的事。你來時看見我綺窗前的那株寒梅是否開花了？

背景故事

　　王維（西元701～761年），盛唐著名詩人。他久在異鄉客地，忽然有一天，一位故鄉的朋友來訪，頓時激起他強烈的鄉思和急欲瞭解故鄉風物、人事的心情。

　　可是，他不向朋友打聽家鄉的新朋故友、山川景物、風土人情，卻偏偏只問家裡的那棵寒梅花開了沒有？可見，儘管久別故鄉，但詩人王維對故鄉的一草一木，仍然是如此地記憶猶新，耿耿於懷。對一棵梅花尚且如此，那麼對故鄉的親人的思念就更不用說了。就在懷念家鄉的真摯感情中，詩人情不自禁地揮筆寫了一首思鄉曲——《雜詩》。

　　詩的抒情主人翁是一位久居他鄉的遊子，這一點從頭兩句的兩個「故鄉」中可以感知到。在他鄉忽然遇到來自故鄉的友人，一下子激起無限思鄉之情。多麼想多知道一些故鄉的事呀！於是，「我」便急切地問開了——「君自故鄉來，應知故鄉事」，兩個「故鄉」疊加，表現出一種問話的急切，進而令人感受到鄉思之殷切。

　　「應知故鄉事」這一句表意上近乎攏含著的仍然是那麼急切的思鄉之情——甚至是一點點的擔心：你不會不知道吧？所以在問話裡，便先把「不知道」的可能給堵死了。這種心態有些近乎孩子氣，但卻是非常準確地還原了問話者的真實心態。

　　後兩句才是對「故鄉事」的正式發問。想知道的「故鄉事」當是很多很多，家人健康？友人安好？山川景物，風土人情是否依舊？可是這些，「我」都沒有問，而是選取了一個似乎無足輕重的問話：「寒梅著花未？」你來的時候，我家窗前那株梅花開了沒有呢？不從最關心的家人問起，而問起梅花，看似反常，其實細細想來，卻也不然。

有的時候，我們往往會有這樣的一種心態，越是關心的事，可能反而是越怕說出口，所以只好問起看似不相干的梅花來。這樣的一種反常很容易引起讀者的思考：為什麼呢？這株梅花是否有什麼獨特之處，是往日美好生活的見證抑或其他？這些，「我」都不再說了，全詩戛然而止，留下無限想像的空間。

綺窗和寒梅，構成一幅古典而精美的畫面，讓人禁不住聯想，那梅下或有佳人如玉？或有佳節之聚？——梅花在這裡成了往日生活的一個見證。在這裡，遊子對於梅花的記憶，反映出遊子濃厚的思鄉之情，真是「於細微處見精神」，寓巧於樸，韻味濃郁，栩栩如生。

 登高望遠的情懷

登鸛雀樓
——王之渙

白日依山盡，黃河入海流。
欲窮千里目，更上一層樓。

注　釋

- 鸛雀樓：在今山西永濟縣。此樓在城之西南、黃河中高
  阜處，時有鸛雀樓其上，因以為名。樓三層，前瞻
  中條山，下瞰黃河，為登臨勝地。
- 白日：明亮的太陽。這裡指傍晚的太陽。
- 依：挨或靠著。
- 欲：想要。
- 窮：盡。
- 千里目：遠處的景色。
- 目：眼睛。

譯文注釋

太陽依傍著群山就要落下山去，黃河水正滾滾向大海奔流。要想見到更遙遠處的景色，就得再登上一層高樓。

背景故事

鸛雀樓是唐朝蒲州城（今山西永濟）的一座城樓，位於城的西南，是當時著名的旅遊勝地。

鸛雀樓共三層，因爲樓上常有一種形狀像鸛，人稱鸛雀的鳥停在上面，因而得名。它的西南是高高聳立的中條山，而波濤滾滾的黃河就在它的腳下流過，整幢樓十分雄偉壯觀，令人流連忘返。

王之渙是唐朝著名的邊塞詩人，他出生在晉陽（今山西太原），後來遷到絳郡（今山西新絳）。早年他曾擔任文安縣尉，性格豪放不羈，常常擊劍悲歌，後來因遭小人誣陷而罷官。此後，他就開始了十多年的漫遊生活，足跡遍及黃河南北。他寫了許多詩，他的詩在當時常被樂工制曲歌唱，名動一時。

有一年，他來到鸛雀樓。登樓時正是傍晚時分，他極目遠眺，面對祖國河山磅礴雄偉的氣象，一時詩興大發，於是根據登樓時見到的景色和感受，寫成了這首千古名詩《登鸛雀樓》。

這首詩描寫了登高望遠所見，歌頌了祖國河山的壯麗，

表達了詩人熱愛祖國大好河山之情，還寓含了一定的積極人生哲理。

首句描繪夕照銜山的現實景色。西面一輪落日正金光奪目，在連綿起伏蒼蒼莽莽的群山外緩緩落下，在視野的盡頭漸漸隱沒，這是天空景，也是西望景。

次句寫俯瞰黃河遠去天邊的景象。詩人面對流經樓前的滾滾黃河的滔滔大浪，視線由上到下、由近及遠、由西向東，跟隨河水向遠方延伸。雖不能目擊黃河入海的情狀，卻可以充分發揮想像，好像看見黃河一路洶湧澎湃，氣勢磅礴，流入大海，令人心曠神怡。這是陸地景，也是東望景。

三、四兩句寫詩人欲登高望遠。從前兩句的眼前所見引出了深沉思索和再上一層樓的行動：若想看到無窮無盡的美麗景色，就應該不斷地向上攀登，邁上更高一層樓。以「樓」收尾，很好地照應了題目。

詩句看似平鋪直敘，卻有深意，既寓含詩人積極向上的進取精神、高瞻遠矚的博大胸襟，又暗示了只有站得高才能看得遠、看得全的哲理。含意深遠，耐人尋味。

秋天的思念之情

十五夜望月

——王建

中庭地白樹棲鴉，冷露無聲濕桂花。
今夜月明人盡望，不知秋思落誰家？

注　釋

- 十五夜：指農曆八月十五的夜晚。
- 地白：地上的月光。
- 棲：歇。

譯文注釋

　　中秋的月光照射在庭院中，地上好像鋪上了一層霜雪那樣白，樹上安歇著烏鴉。夜深了，清冷的秋露悄悄地打濕庭中的桂花。人們都在望著今夜的明月，不知那秋天的思念之情會落到誰的家。

背景故事

　　王建，唐代詩人。字仲初。潁川（今河南許昌）人。門第衰微，早歲即離家寓居魏州鄉間。二十歲左右，與張籍相識，一道從師求學，並開始寫樂府詩。

　　貞元十三年（西元797年），辭家從軍，曾北至幽州、南至荊州等地，寫了一些以邊塞戰爭和軍旅生活為題材的詩篇。離開軍隊後，寓居咸陽鄉間。元和八年（西元813年）前後任昭應縣丞。

　　長慶元年（西元821年），遷太府寺丞，轉祕書郎。在長安時，與張籍、韓愈、白居易、劉禹錫、楊巨源等均有往來。大和初，再遷太常寺丞。

　　約在大和三年（西元829年），出為陝州司馬。世稱王司馬。大和五年，為光州（治所在今河南潢川）刺史。王建的樂府詩和張籍齊名，世稱「張王樂府」。

　　在十五月夜，王建藉著月光來到了庭院中，看到地上像鋪上了一層層的霜雪，鴉鵲在樹陰中棲息，便寫下了這首望月詩。

　　詩人寫中庭月色，只用「地白」二字，卻給人以積水空明、澄靜素潔之感。「樹棲鴉」，十五夜望月主要應該是聽出來的，而不是看到的。因為即使在明月之夜，人們也不大可能看到鴉鵲的棲宿；而鴉鵲在月光樹陰中從開始的驚惶喧鬧到最後的安定入睡，卻完全可能憑聽覺感受出來。「樹棲

鴉」這三個字，樸實、簡潔、凝煉，既寫了鴉鵲棲樹的情狀，又烘托了月夜的寂靜。

「冷露無聲濕桂花」句，由於夜深，秋露打濕庭中桂花。如果進一步揣摩，更會聯想到這桂花可能是指月中的桂花樹。這是暗寫詩人望月，正是全篇點題之筆。

詩人在萬籟俱寂的深夜，仰望明月，凝想入神，絲絲寒意，輕輕襲來，不覺浮想聯翩，那廣寒宮中，清冷的露珠一定也沾濕了桂花樹吧？這樣，「冷露無聲濕桂花」的意境，就顯得更悠遠，更耐人尋思。

你看他選取「無聲」二字，那麼細緻地表現出冷露的輕盈無跡，又渲染了桂花的浸潤之久。而且豈止是桂花，那樹下的白兔呢？那揮斧的吳剛呢？那「碧海青天夜夜心」的嫦娥呢？詩句帶給我們的是多麼豐富的美的聯想啊！

皓月當空，難道只有我獨自在那裡凝神貫注望月嗎？普天之下，有誰不在抬頭賞月，神馳意遠呢？想到這裡，水到渠成，吟出了「今夜月明人盡望，不知秋思落誰家」。

前兩句寫景，不帶一個「月」字；第三句點明望月時間，而且推己及人，擴大了望月者的範圍。但是，同是望月，那感秋之意，懷人之情，卻是人各不同的。詩人悵然於家人離散，因而由月宮的淒清，引出了入骨的相思。

他的「秋思」必然是最濃摯的。然而，在表現的時候，詩人卻不採用正面抒情的方式，直接傾訴自己的思念之切；而是用了一種委婉的疑問語氣：不知那茫茫的秋思會落在誰

的一邊。

　　明明是自己在懷人，偏偏說「秋思落誰家」，這就將詩人對月懷遠的情思，表現得蘊藉深沉。一個「落」字，新穎妥帖，不同凡響，它給人以動感，彷彿那秋思隨著銀月的清輝，一齊灑落人間似的。

　　這首詩意境很美，詩人運用具體的語言，豐美的想像，渲染了中秋望月的特定的環境氣氛，把讀者帶進一個月明人遠、思深情長的意境，加上一個喟歎有神、悠然不盡的結尾，將別離思聚的情意，表現得非常委婉動人。

❀ 公正的評論

調張籍

李杜文章在，光焰萬丈長。

不知群兒愚，那用故謗傷！

蚍蜉撼大樹，可笑不自量。

伊我生其後，舉頸遙相望。

夜夢多見之，晝思反微茫。

徒觀斧鑿痕，不矚治水航。

想當施手時，巨刃磨天揚。

垠崖劃崩豁，乾坤擺雷硠。

惟此兩夫子，家居率荒涼。

帝欲長吟哦，故遣起且僵。

剪翎送籠中，使看百鳥翔。

平生千萬篇，金薤垂琳琅。

仙官敕六丁，雷電下取將。

流落人間者，太山一毫芒。

我願生兩翅，捕逐出八荒。

精誠忽交通，百怪入我腸。

刺手拔鯨牙，舉瓢酌天漿。
騰身跨汗漫，不著織女襄。
顧語地上友：經營無太忙！
乞君飛霞佩，與我高頡頏。

注　釋

- 調：調侃。
- 李杜：李白、杜甫。
- 群兒：此指幼稚的人們。
- 那：哪。
- 蚍蜉：一種螞蟻。此處極言其渺小。
- 伊：句首語氣詞。

譯文注釋

　　李白和杜甫的文章，光芒萬丈。那些小人們太愚笨，他們的誹謗就像螞蟻想搖大樹一樣，真是不自量力。我生在李杜之後，伸長脖子遙遙相望，晚上常常夢見他們，可是白天回想夢境，反而感到渺茫，他們的精美詩篇，好像夏禹治水，只能看見斧鑿開河痕跡，見不到治水的航線（猶言只見到李杜的詩，見不到構思的過程），看來他們寫詩也像夏禹開山，揮舞巨斧擦天而過，懸崖被劈開，天地間震響著雷鳴般的聲響。

　　李杜二人生平都不得意，這是上帝想讓他們寫出好詩而

故意使他們經受磨難。剪去他們的翎毛鎖在籠中，看著外面百鳥飛翔。李杜一生寫下千萬首詩，像金玉珠寶琳琅滿目，仙宮裡命令天將，將他們的詩收歸天上。流傳在人間的是極少一部分。我願長出一雙翅，飛向四面八方去追逐李杜詩歌的精華。

由於我的誠心，思想忽然與李杜詩歌神韻相通，許多新奇的構思都湧上了心頭，我轉手能拔下鯨魚的牙齒，舉瓢能舀天上的酒漿，飛身太空，連織女織的衣裳也不穿，我那地上的朋友張籍啊！不要匆忙跟我學寫詩，還是同我一起到雲霞中飛翔吧（意思是開闊思路和我一同學習李杜的詩吧）！

背景故事

韓愈（西元768～824年）唐代文學家、哲學家。字退之。河南河陽（今孟縣）人，世稱韓昌黎。因官吏部侍郎，又稱韓吏部。謚號「文」，又稱韓文公。

他三歲而孤，受兄嫂撫育，早年流離困頓，有讀書經世之志。二十歲赴長安考進士，三試不第。二十五到三十五歲，他先中進士，赴汴州董晉、徐州張建封兩節度使幕府任職。後回京任四門博士。

三十六～四十九歲，任監察御史，因上書論天旱人饑狀，請減免賦稅，貶陽山令。憲宗時北歸，爲國子博士，累官至太子右庶子，但不得志。

五十～五十七歲，先從裴度征吳元濟，後遷刑部侍郎。

因諫迎佛骨，貶潮州刺史。移袁州。不久回朝，歷國子祭酒、兵部侍郎、吏部侍郎、京兆尹等職。在政治上終於較有作為。

唐代詩人李白和杜甫，給後人留下了無數的詩篇，被人們稱為詩仙和詩聖，他們的詩備受人們的喜愛。可在唐朝，有一些人卻對李白和杜甫的詩進行攻擊和貶低。在詩人們去世數十年以後，著名詩人韓愈寫了一首五言古詩《調張籍》，嚴厲駁斥了某些人的荒謬看法，高度讚揚了李白和杜甫這兩位詩人在詩歌著作上的成就，在詩中表達他對這兩位前輩詩人的欽佩和敬仰。

這天晚上，韓愈在家剛吃過晚飯，他的一位友人，在朝中任水部員外郎的張籍來到家裡，張員外非常敬佩韓愈的才華，經常來向他學習寫詩，有時也一起議論時務。張籍談話中問韓愈：「先生十分崇尚李白杜甫的詩文，為什麼會有那麼多人攻擊他們，貶低他們的詩文呢？」

韓愈生氣地說：「都是些不學無術的小人在嫉妒他們罷了。」

張籍說：「先生一定讀過很多他們的詩。」

韓愈告訴他說：「只有多讀他們的詩，才知道他們的詩好在哪裡，才知道那些小人為什麼要攻擊誹謗他們。」晚上，韓愈坐在桌前揮筆寫下了這首五言律詩。

韓愈在此詩中，熱情地讚美李白和杜甫的詩文，表現出高度傾慕之情。在對李、杜詩歌的評價問題上，韓愈要比同

時的人高明得多。

詩人筆勢波瀾壯闊，恣肆縱橫，全詩如長江大河浩浩蕩蕩，奔流直下，而其中又曲折盤旋，激濺飛瀉，變態萬狀，令人心搖意眩，目眩神迷。第一段有六句，純爲議論。自第二段始，運筆出神入化，簡直使人眼花繚亂。「想當施手時，巨刃磨天揚。垠崖劃崩豁，乾坤擺雷硠。」用大禹鑿山導河來形容李、杜下筆爲文，這種匪夷所思的奇特的想像，絕不是一般詩人所能有的。

詩人寫自己對李、杜的追慕是那樣狂熱：「我願生兩翅，捕逐出八荒。」他長出了如雲般的長翮大翼，乘風振奮，出六合，絕浮塵，探索李、杜藝術的精英。追求的結果是「百怪入我腸」。此「百怪」可真名不虛說，既有「刺手拔鯨牙，舉瓢酌天漿」，又有「騰身跨汗漫，不著織女襄」。下海上天，想像之神奇令人驚歎。而且詩人之奇思，或在天，或在地，或挾雷電，或跨天宇，雄闊壯麗。韓詩曰奇曰雄，從此詩中可見其風格。

流芳千古的憫農詩

憫農

——李紳

鋤禾日當午，汗滴禾下土。
誰知盤中飧，粒粒皆辛苦。

注　釋

- 憫：憐憫。
- 鋤禾：用鋤頭鬆禾苗周圍的土。

譯文注釋

　　在烈日炎炎的中午，農民們還在地裡為禾苗鋤草，汗水滴到禾苗下的泥土中。可有誰知道人們碗裡的飯，每一粒都包含著農民的辛勤勞動呢？

背景故事

詩人李紳,從小沒了父親,和媽媽相依為命。媽媽讓他讀書識字,他很用功,學會了寫詩。後來他要到長安拜訪名師,開闊眼界。媽媽捨不得兒子離家,但她知道兒子是有出息的,她不能阻攔。

那一天,李紳告別母親上路了。六月裡的江南,太陽像個大火球,把大地烤得滾燙滾燙;路邊池塘裡,水牛泡在水中,只露出鼻孔喘氣;樹蔭裡,黃狗趴在地上,舌頭伸得長長的;稻田裡,青青的秧苗長到半尺高了,農夫們光著脊背,彎著腰,兩手在水中不停地摸索著拔去雜草,被太陽曬得油黑的脊背閃閃發亮。

這樣辛勤勞動的情景,李紳早已熟悉了,可是今天他看得特別感動。「我要進城求學謀生,但我永遠不忘農夫種田的辛苦。他們在烈日下耕作,多少汗水滴入泥土,才換來我們碗中的米飯呀!」路上,李紳寫成一首《憫農》詩。到長安後,透過朋友齊煦的介紹,去拜見當時有名的文士和政治家呂溫。

呂溫讀了李紳帶來的詩稿,越來越覺得眼前這個瘦小的年輕人不是一般的人才。他尤其欣賞這首《憫農》詩。這首詩是寫勞動的艱辛,勞動果實來之不易。

第一、二句「鋤禾日當午,汗滴禾下土」描繪出在烈日當空的正午,農民仍然在田裡勞動,這兩句詩選擇特定的場

景，具體而生動地寫出勞動的艱辛。有了這兩句具體的描寫，就使得第三、四句「誰知盤中飧，粒粒皆辛苦」的感歎和告誡免於空洞抽象的說教，而成為有血有肉、意蘊深遠的格言。

這首詩沒有從具體的人、事落筆，它所反映的不是個別人的遭遇，而是整個農民的生活和命運。詩人選擇比較典型的生活細節和人們熟知的事實，深刻揭露了不合理的社會制度。

看完這首詩後，呂溫十分激動，認為李紳不像一般士子，只會讀死書，只求當官，而是胸懷天下，關心民生的。他覺得，如果沒有對農民生活的瞭解，沒有對民生艱難的同情和感動，是不可能寫出這樣的好詩來。於是，他當面讚賞了這個身材矮小，相貌上絲毫不起眼的小夥子。他不停地誇獎他，勉勵他，兩人暢談了好久，李紳才行禮告別。

李紳走了以後，呂溫對自己的弟弟以及舉薦李紳的齊煦說：「這個年輕人很不平凡，很了不起呀！我覺得他將來能做宰相。」

後來，李紳果然成為一位勤政愛民的宰相。他的《憫農》流傳了千代萬代，讓我們都懂得糧食的來之不易，要好好珍惜眼前的幸福生活。

❧ 惜時如金愛青春

金縷衣

——杜秋娘

勸君莫惜金縷衣，勸君惜取少年時。
花開堪折直須折，莫待無花空折枝。

注　釋

- 《金縷衣》：屬樂府《近代曲辭》。
- 惜取：珍惜著。
- 堪：可。
- 折：攀折，採摘。

譯文注釋

　　不必愛惜金線織成的華貴的錦衣，只應該珍惜少年時代最寶貴的光陰。鮮花盛開時正好採摘就盡情地採摘，別等到鮮花凋落才攀折無花的空枝。

金陵（今江蘇南京）女子杜秋娘，善歌《金縷衣》曲。初為鎮海節度使李之妾，後李叛唐被殺，秋娘沒籍入宮，為憲宗所寵。穆宗時為皇子漳王保姆。皇子被廢，她被遣歸金陵。

這首詩很有哲理，勸喻人們不要去追求榮華富貴，珍惜少年時代美好的時光。又像是勸喻人們不要錯過愛情的美好時機，以致後悔莫及。總之，是要人們珍惜時光和機遇，極富啓迪性。她的這首詩主要是勸喻青少年要珍惜美好時光，不虛度光陰珍惜時間努力學習，而中國晉代的車胤、孫康最為典型。

晉代的時候，有個叫車胤的讀書人，從小特別喜歡讀書。可是他家的經濟條件太差了，連吃飯都成問題，他白天還要出去做工，根本沒有時間讀書。因此，他只能利用晚上的時間背誦詩文，但問題是家裡哪裡有多餘的錢買燈油供他晚上讀書啊？車胤每次都乘著天將黑時那點亮光，拼命地讀一會兒書，因為等天空全黑下來可就什麼也看不到了。

夏天的一個晚上，他正在院子裡背一篇文章，他背著背著，想起讀這篇文章時還有一些地方不太明白，就想再讀讀其他文章比較一下，於是他掀開書一看，天啊！什麼都看不清楚！他沮喪極了，低著頭坐了下來。忽然間，他發現頭頂有些亮光，他驚喜地抬起頭，看見許多螢火蟲在低空中飛

舞，一閃一閃的光點，在黑暗的夜空中顯得那麼耀眼。他想，如果把許多螢火蟲集中在一起，不就成為一盞燈了嗎？於是，他高興地跑回屋去，要媽媽用白色的布縫了一個袋子給他。

袋子縫好了，他馬上就拿著袋子跑到樹林裡捉螢火蟲去了！他媽媽不放心，便要他爸爸跟過去看看兒子在幹什麼，爸爸看見他捉螢火蟲，還往袋子裡裝，就問他說：「兒子啊！你捉那麼多螢火蟲幹什麼呀？」

他邊捉邊說：「我要讓螢火蟲幫我照明！」

父親聽了他的話，覺得有點兒道理，就過來一起幫他捉。過了一會兒，袋子裡已放進了幾十隻螢火蟲，白色的袋子發出微弱的光芒，於是他把袋口紮住，找到一根樹枝吊起來。雖然光線不怎麼明亮，但也可勉強用來看書了。從此，只要有螢火蟲，他就去捉一些來當作燈用。由於他聰明好學，後來終於取得了成功。

晉代還有個叫孫康的讀書人，家裡情況也是如此。由於沒錢買燈油，晚上不能看書，只能早早睡覺。冬天的一個夜晚，他從睡夢中醒來，發現屋裡比平時亮了許多，順著光線的方向，他將頭轉向窗戶，發現光線原來是從窗戶裡透進來的。他心裡高興極了，心想難得今天晚上的月亮這麼亮，如果不起來讀書的話豈不是白白浪費掉了？

想到這裡，他趕忙從床上爬起來，趴在窗戶上往外一望，哇！原來不是什麼月光，而是外面下了厚厚的一層大

雪！潔白的雪地反射著幽幽的光芒，把世界映得雪亮！他想，這麼好的光亮我為什麼不利用它來看書呢？想到這裡，他白天勞動的疲倦頓時全都消失了，立即穿好衣服，取出書籍，來到屋外。果然，寬闊的大地上映出的雪光，比屋裡可要亮多了。孫康立即打開書，果然字跡清晰可見。

　　他不顧寒冷，認認真真地看起書來，手腳凍僵了，就搓搓手指，跑一跑步，然後又專心致志地讀書。就這樣，一個寒冷的冬夜就過去了。雖然雪地裡很冷，可是能借助雪地的光亮讀書卻讓孫康興奮得不得了，心裡像點了個暖融融的小火爐。此後，每逢有雪的晚上，他就不放過這個好機會，孜孜不倦地讀書，這使得他的學識突飛猛進，成為飽學之士。

退匈奴，唐太宗治國有方

塞上曲

—— 李白

大漢無中策，匈奴犯渭橋。
五原秋草綠，胡馬一何驕。
命將征西極，橫行陰山側。
燕支落漢家，婦女無花色。
轉戰渡黃河，休兵樂事多。
蕭條清萬里，翰海寂無波。

譯文注釋

大唐初年對外患沒有良策，以致突厥進犯渭橋。五原綠草茂盛，但胡人的兵馬卻驕縱橫行。皇上派將士們西征並消滅了他們，這裡的土地歸屬大唐，匈奴婦女們得不到此地出產的胭脂，都失去了往日的美貌。

將士們戰後渡過黃河，在這裡休整，取得了勝利是多麼地高興，在遼闊的邊境大漠上，再也見不到匈奴軍隊的蹤影。

西元626年，李世民繼位，第二年改年號爲貞觀。

當時戰亂剛結束，又是連年災荒，第二年鬧蝗蟲，第三年黃河氾濫成災。突厥二十萬大軍又盤踞在渭河一帶，經常騷擾北部居民，老百姓深受其害，苦不堪言。

貞觀三年，唐太宗派李靖征討突厥，幾乎俘獲了突厥全部的人口和牲畜，活捉了突厥的首領。李白寫下了這首塞上曲，讚頌唐太宗的功績。

唐太宗治理國家採用了大臣魏征的忠言：「兼聽則明，偏聽則暗。」使唐朝政治穩定，經濟繁榮。他鼓勵群臣犯顏直諫，聽取意見。

貞觀四年，太宗下令修洛陽乾元殿，大臣張玄季直諫道：「現在國家剛剛穩定，這種大的工程要勞民傷財，況且百姓生活困苦，這樣做都不及隋煬帝。」

唐太宗一聽大怒：「這麼說，我都比不上隋煬帝？」

張玄季毫不畏懼，耐心地解釋說：「如果皇上硬要大興土木，鬧得天下大亂，百姓不滿，這是走隋煬帝的老路。」

太宗醒悟了，下令停工，並稱讚張玄季忠直。

在群臣中，最忠直的要數魏征，他經常當著群臣的面指出唐太宗的過失，也時常引得唐太宗大怒，但魏征仍據理力爭。

一次，唐太宗下朝回來怒氣未消，大聲罵道：「這個狗

東西，總有一天我會殺了他！」皇后問他要殺誰？他氣衝衝地說：「魏征經常在群臣面前使我下不了台。」

皇后聽後進屋穿上禮服，給他行大禮。

唐太宗不解地問：「這是爲什麼？」皇后說：「爲皇上祝賀。」

太宗更感到奇怪，皇后接著說：「皇上爲國定能立下大業，因爲有皇上這樣的英明之主，又有一群正直的賢臣。」

唐太宗明白了，氣也消了。

唐太宗一生的英明之舉，一是鼓勵群臣直諫，二是任用賢才。

生活篇

唐詩中有許多詩歌記錄了
那個時代的生活百態，有歸隱田園
的悠然之樂，有科場進第的
喜悅，有遊歷萬水千山的逍遙，還有詩人們自身
市井生活的寫照……熟讀唐詩可以走進歷史，走進那
個時代，走進詩人們的生活。

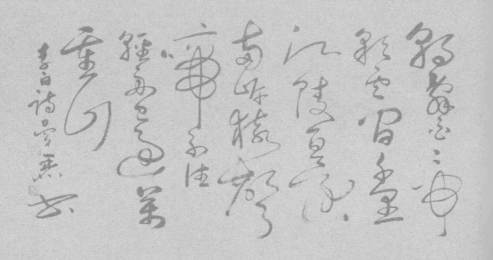

❀ 悠然自得的鄉村生活

春曉

——孟浩然

> 春眠不覺曉，處處聞啼鳥。
> 夜來風雨聲，花落知多少？

注　釋

- 春曉：春天的早晨。
- 不覺曉：不知不覺已天亮了。
- 啼鳥：啼叫的鳥。
- 夜來二句：回憶夜來的風雨，為花木擔憂。

譯文注釋

　　春天的早晨，醒來時不知不覺已經天亮了。到處都能聽見鳥兒的啼叫，經過一夜風雨的吹打，不知道凋謝了多少花朵。

背景故事

　　孟浩然（西元689年～740年），襄陽（今屬湖北）人，

主要活動於開元年間。他大半生居住在襄陽城南峴山附近的澗南園，中年以前曾離家遠遊。四十歲那年赴長安應進士試，落第後在吳越一帶遊歷，到過許多山水名勝之地。開元二十五年（西元737年），張九齡貶荊州刺史，孟浩然不久辭歸家鄉，直至去世。

孟浩然生活在封建社會較為升平的盛唐時代，他有自己的產業，一生沒有經歷過重大的社會變故，沒有捲入過尖銳的政治鬥爭，又長期居住在鄉村，所以他不可能像杜甫那樣寫出具有重大思想意義的詩篇來。但他的一些描寫生活情趣的田園小詩，卻令人愛不釋手。

在一個春天的早晨，孟浩然起得很晚，不知不覺中天已大亮。他想起了春天的美好，想起了夜裡的風雨聲，又想起了園中的花草樹木，更想起了自由自在的生活，於是脫口吟出了《春曉》這首精緻的小詩。

本詩意在惜春。春天，有迷人的色彩，有醉人的芬芳，詩人都不去寫，而是選取了一個側面，從聽覺的角度著筆寫春之聲，用以渲染戶外春意盎然的美好景象，「處處」二字，啁啾起落，遠近應和，使人有置身山陰道上，應接不暇之感。只淡淡幾筆就寫出了晴方好、雨亦奇的繁盛春意。

後兩句由喜春翻為傷春、惜春，而這傷和惜卻是因為對春的愛，瀟瀟春雨也引起了詩人對花木的擔憂，這份閒淡中多少流露出個人際遇的不幸。詩裡對時間的跳躍、陰晴的交替、感情的微妙變化，都非常富有情趣，能給人帶來無窮興味。

皇帝面前「栽筋斗」

留別王維

——孟浩然

寂寂竟何待，朝朝空自歸。
欲尋芳草去，惜與故人違，
當路誰相假？知音世所稀。
只應守寂寞，還掩故園扉？

注　釋

- 寂寂：求仕沒有音信，心中苦悶。

- 尋芳草：喻追求理想境界。

- 違：分離。

- 當路：當要權者。

- 假：寬容。

- 還：回鄉。

- 扉：門。

譯文注釋

我被如此冷落，究竟還要等待什麼？天天徒勞無益，只

得獨自回歸。我想到那芳草鮮美的地方隱居，很惋惜要與老朋友分離。身居要職的人誰肯為我助一臂之力？真正的知音世上真是難尋。我只該固守我的孤獨寂寞，回到故里關緊門扉。

背景故事

唐玄宗開元年間，四十歲的孟浩然來到當時的京都長安，並結識了許多著名的詩人，如張九齡、王維等。張九齡是當朝宰相，王維也在朝廷任官。孟浩然參加了進士考試並在當時全國最高學府「太學」賦詩，得到了張九齡、王維等許多著名詩人的高度讚賞。在當時曾流傳著孟浩然在皇帝面前「栽筋斗」的故事。

有一天，孟浩然參加完進士考試，來到了王維的官衙內，不巧唐玄宗駕到，這可慌了孟浩然，他來不及避開，只好躲藏在床下。

玄宗走進屋裡，王維不敢向皇上隱瞞，只好說出了實情：「請萬歲恕罪，剛才我來了位朋友，也是一位詩人，他害怕見聖上，所以躲在床下。」

唐玄宗問：「哪位詩人？」

王維忙回答：「前幾天在太學府賦詩的孟浩然。」

玄宗聽了高興地說：「我早就聽說了此人的詩名，何必躲藏，快快出來吧！」

孟浩然從床下爬出，忙拜見了皇上。玄宗問他：「你的

詩賦很好，今天帶來了嗎？」

孟浩然忙選出一首他自己認為寫得很成功的詩朗誦給皇上聽：

《歲暮歸南山》

北闕休上書，南山歸敝廬。

不才明主棄，多病故人疏。

白髮催年老，青陽逼歲除。

永懷愁不寐，松月夜窗虛。

這首詩的大意是：我對當官已經心灰意冷，所以不再向皇上上書提出自己的建議了，還是回南山我的那所破舊的茅草屋吧！自己沒有什麼才能，所以也得不到皇上的賞識，由於身體多病，與親友來往少，也疏遠了他們。白髮催我一年年地老下去，時光像流水一樣轉眼又是新的一年了，想到自己蹉跎歲月，一事無成，晚上躲在月光下有松影的窗子裡，真是使人徹夜難眠啊！

唐玄宗聽完這首詩很不高興，特別是詩中「不才明主棄」一句，讓他很惱火。他生氣地說：「是你自己不來求官，怎麼能說我拋棄你？這不是在詩中誣衊我嗎？」

唐玄宗回去後氣還沒消，於是下了一道聖旨：孟浩然不能中進士。

孟浩然不能當官了，只得回去過隱居生活。

孟浩然因一首詩得罪了玄宗皇帝，他不想在長安多留居一天。晚上，他站立窗前，望夜色茫茫，繁星閃爍，他的心

情久久不能平靜。

他想起與玄宗在一起的那一幕，心裡一點也不覺得後悔。當皇上離開後，王維非常生氣地大聲說：「我真不明白你是怎麼想的，千里迢迢趕來應試，皇上非常賞識你的詩才，這是大賜的良機，你爲何不吟一首別的什麼詩？皇上可是聽慣了歌頌奉承的，怎能容你當面奚落他，不賜你一死已算是對你的恩典啦！」

孟浩然慢慢坐下，提筆寫下了一首《留別王維》詩。

詩中抒發的還是求仕遇挫後苦悶怨憤的感情，這次入長安竟然無功而返，詩人心中是很惆悵的。「不才明主棄，多病故人疏」是一句牢騷語，他與王維還是甚爲相知。

前二句「寂寂竟何待，朝朝空自歸」，直寫自己失意，無限愁恨和怨恨之情力透紙背。在長安是這樣的難堪，所以三、四句說「欲尋芳草去，惜與故人違」，即那就不如回去了，只好和友人惆悵地告別。

五、六句「當路誰相假？知音世所稀」，進一步說明仕進不達的原因就在於無人援引；「知音世所稀」，同時也表達了自己珍視與王維的知音之情。既然求仕無望，詩人再留京城就毫無意義，因而決心回歸故園隱居山林，寂寞地度過餘生了。

第二天孟浩然早早起來，收拾好了屋內的東西，並將這首《留別王維》詩端端正正地放在了桌上，然後背起行囊離開了王維官衙，匆匆上路了。

寒山寺裡的鐘聲

楓橋夜泊
——張繼

月落烏啼霜滿天，江楓漁火對愁眠。
姑蘇城外寒山寺，夜半鐘聲到客船。

注　釋

- 楓橋：位於今蘇州市城西。
- 姑蘇城：蘇州的別稱。
- 寒山寺：因名僧寒山而得名，亦位於蘇州市城西，距楓
  橋約三里。

譯文注釋

　　明月落下西山，烏鴉在呱呱啼鳴，霜露滿天，夜空充滿
涼意。我面對江邊的楓樹、漁船上的燈火，滿懷著愁緒，徹
夜難眠。姑蘇城外響起疏落的鐘聲，夜半時分傳到了我的小
船上。

張繼，字懿孫，南陽（今屬河南）人。天寶十二載進士及第。至德間爲監察御史。大曆中在武昌任職，後以檢校祠部員外郎，在洪州分掌財賦，任租庸使、轉運使判官，卒於任所。

這詩中所說的寒山寺，在今天蘇州西郊的楓橋鎮，這座寺院建於南北朝時，那時叫妙利普明塔院。唐朝有兩位高僧寒山、拾得在寺裡主事，後人就把該寺叫做寒山寺。如今寺裡還供有寒山、拾得的塑像。

一個秋天的夜晚，張繼乘船路過蘇州城外的楓橋，見天色已晚，便停船岸邊，在這裡過夜。

時間已是深秋，夜色正濃，他孤身一人難以入睡。這時，月亮已經西沉，偶爾外面還不時傳來幾聲烏鴉的啼叫，在這幽暗靜謐的環境中，他對那種寂寞冷清就格外地敏銳，不覺披衣下床，來到艙門外。

在朦朧的夜色中，偶爾傳來幾聲烏鴉的啼叫，江邊的樹只能隱隱約約看到一個模糊的輪廓。透過霧氣茫茫的江面，可以看到星星點點的幾處漁家燈火。離這個地方不遠的寒山寺，突然間響起了洪亮的半夜鐘聲，那聲音傳出很遠很遠，在張繼的客船上迴旋，那麼悠揚，那麼清新……

江南水鄉秋夜幽美的景色吸引了這位懷著旅愁的遊子，使他領略了一種雋永的情味，突然傳來的鐘聲又給他一種別

樣的強烈感受。他的創作靈感頓時勃發，於是寫下了這首意境深遠的小詩。

首句從視覺、聽覺、感覺三方面寫夜半時分的景象，月亮落下了，樹上的烏鴉啼叫，清寒的霜氣瀰漫在秋夜幽寂的天地。三個主謂短語並列，以簡潔而鮮明的形象，細緻入微的感受，靜中有動地渲染出秋天夜幕下江南水鄉的深邃、蕭瑟、清遠和遊子夜宿客船的孤寂。

楓橋所在的水道，只是江南水鄉縱橫交錯的狹窄河道之一，並無茫茫的江面。「江楓漁火對愁眠」句，一說是當地有兩座橋，一是江橋，一是楓橋，但「江楓」二字本身的美感和豐富的文化內涵，給了我們極大的想像空間。我們姑且想像出一片空闊浩淼的水面（或許這也正是作者當年的想像），岸邊有經霜的紅楓，水中漁火點點，舟中遊子滿懷愁緒入眠。山川風物自有它的情致，夜泊的主人翁也自有他的情懷，主客體相對獨立又巧妙地融合在一起，形成一個和諧而優美的藝術境界。

三、四兩句寫半夜寒山寺的鐘聲傳到客船。在深秋蒼涼靜謐的夜空，驟然響起悠遠的鐘聲，該對愁臥舟中的遊子的心靈造成多麼大的震撼啊！

而這鐘聲來自姑蘇城外的寒山古寺，蘊含著豐厚的人文的積澱，包容著佛性的曠達，「給人以一種古雅莊嚴之感」。但鐘聲究竟給人何種別樣的感受，詩中沒多說，只能讓讀者自己去體會，慢慢地咀嚼。

正因如此，短短的四句小詩才給人特別鮮明、強烈的感受，使人回味無窮，永遠難忘。

這首膾炙人口的唐詩，還曾引起一場很有意思的筆墨官司。宋代大文學家歐陽修，認為最後一句「夜半鐘聲到客船」與事實不符，他的理由是寺裡自古都是早晨撞鐘，晚上敲鼓，晨鐘暮鼓已是眾所周知的事，寒山寺怎麼能半夜敲鐘呢？他這麼一說，後人也多有指責張繼的，說他憑空臆造，不尊重事實，還有人說他根本就沒去過寒山寺，頂多是白天轉了一圈，夜裡的事是他想像的。

宋朝詩人陳正敏借住寺中時，夜半聽見敲鐘就去問和尚。和尚告訴他這是分夜鐘，所謂分夜就是夜與晝相交的時刻，在響鐘之後便是次日了，看來和尚計算時間還是挺科學的。由此可見，歐陽修的指責是錯的，張繼並沒有寫錯。

寒山寺和楓橋，因張繼此詩而大大提高了知名度，到蘇州的人一定會去瞻仰一番寒山寺，再登一登楓橋，否則便有白來一趟的遺憾。清代有個叫王漁洋的詩人，一次也路過楓橋，特意吩咐在這裡停泊過夜。但當天晚上天公不作美，下起了大雨，道路有些泥濘，王漁洋要去看寒山寺，隨從人員勸他：「天色漆黑，伸手不見五指，況且風雨交加，行走更是困難。」

可王漁洋卻興致勃勃地說：「這有什麼可怕的，此次留宿楓橋，就是要領略一下張繼詩中的夜半鐘聲。」

於是，他找了件斗篷披在了肩上推門出去，直奔寒山

寺。可惜，王漁洋站立風雨之中，卻沒能聽到寺內的鐘響，因為不知從何時起，寺裡不再於夜半人靜時敲鐘了。

　　張繼這首詩是在西元756～758年間寫的，那時正值安史之亂爆發不久，他是中了進士還沒當上官就到蘇州避難。他舟泊楓橋，半夜難寐，寫詩消愁，誰知竟留下了千古絕唱。

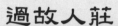 相約重陽日

過故人莊

——孟浩然

故人具雞黍，邀我至田家。
綠樹村邊合，青山郭外斜。
開軒面場圃，把酒話桑麻。
待到重陽日，還來就菊花。

注 釋

- 具：備辦。
- 雞黍：黍是黃米，古人認為是一種最好的糧食。雞黍指
  農家待客的豐盛飯菜。
- 合：圍攏。
- 軒：窗戶。
- 場：打穀場。
- 圃：菜園。
- 話桑麻：閒談農作之事。
- 重陽日：即重陽節，古代風俗，重陽節賞菊。

譯文注釋

　　老朋友備下了豐盛的菜飯，邀請我來到了他的農家。茂密的樹木環繞村莊，隱隱青山在村外橫斜。推開窗戶面對著禾場和菜園，一邊飲酒一邊談論桑和麻。等到重陽節的那一天，我還要來這裡觀賞菊花。

背景故事

　　唐玄宗開元十六年（西元728年），大詩人孟浩然到長安考進士。落第之後，他來到鹿門山過隱居生活，在那裡結交了許多農家好友。

　　有一天，一位村居的朋友準備好了飯菜，熱情地邀請他。他步行來到這個村莊，放眼看去，近處綠樹繞村，遠處青山逶迤，景色漸次開闊，色彩十分和諧。當詩人來到朋友家裡時，看到他家打開的軒窗十分明亮潔淨，面對著打穀場和菜園，那田園風光實在令人陶醉。

　　在席間，他們邊喝邊談論農事，心情十分愉快。這真是「酒逢知己千杯少」，他們越喝越高興，越談越投機。酒足飯飽之後，詩人要和朋友告別，並且表示等到重陽節那一天，再來你家飲酒賞菊，表露出朋友間融洽的真摯情誼。

　　那天晚上，詩人從朋友處回到自己家中，夜不能寐，激動萬分，欣然命筆，把自己應邀到朋友家做客的經過，寫成了一首情景交融的敘事詩──《過故人莊》。前兩句文字自

然簡樸，爲互敞心扉鋪設了一個合適的氣氛。

　　故人「邀」而我「至」，文字上毫無渲染，簡單而隨便。這正是至交之間不用客套的形式。而以「雞黍」相邀，既顯出田家特有風味，又見待客之簡樸。正是這種不講虛禮和排場的招待，朋友的心扉才能夠爲對方打開。

　　「綠樹村邊合，青山郭外斜」，爲我們描繪了一個清淡幽靜的山村，充滿了濃厚的田園生活氣息。詩人顧盼之間，竟是這樣一種清新愉悅的感受，近處是綠樹環抱，顯得自成一統，別有天地；遠處郭外青山依依相伴，使得村莊不顯得孤獨，並展現了一片開闊的遠景。「故人莊」坐落在這樣幽靜的自然環境中，所以賓主臨窗舉杯。

　　「開軒面場圃，把酒話桑麻」，更顯得暢快，令人心曠神怡，賓主之間忘情在農事上。詩人被農莊生活深深吸引，於是臨走時，向主人率真地表示將在秋高氣爽的重陽節再來賞菊。

❀ 大詩人的風流逸事

遣懷

——杜牧

落魄江湖載酒行，楚腰纖細掌中輕。

十年一覺揚州夢，贏得青樓薄倖名。

注　釋

- 落魄：此處為漂泊之意。

- 載酒：攜酒。

- 楚腰：傳說楚靈王喜好細腰之美女。詩中是指細腰的江
　　　南女子。

- 掌中輕：相傳漢趙飛燕體輕，能為掌上舞。詩中指揚州
　　　妓女。

- 青樓：舊指精麗的樓房，也指妓女居處。

- 薄：薄情。

當年落魄飄泊時在江湖上載酒而行，每天都在細腰苗條的姑娘堆裡廝混。在揚州這幾年來真像是做了一場夢，醒來時所得到的是青樓歌女們薄倖郎的罵名。

史料中記載著杜牧這樣一段風流逸事。

唐文宗大和七年（西元833年）四月，杜牧在揚州淮南節度使牛僧孺幕中任職。牛僧孺很器重杜牧的才能，讓他掌管府中的文辭公務，但對他生活上的事卻一直不放心，因為杜牧出身貴族，身上有花花公子的不良習氣。

揚州城是個繁華的城市，杜牧白天忙完公務，晚上便一個人去逛青樓。牛僧孺知道了這件事，幾次想去勸阻又不好開口，但對杜牧的安全也不放心，於是便密派了三十名兵士，在晚上穿上便衣輪流暗中保護他，但是杜牧卻一點也不知道此事。

大和九年，杜牧被提升到京都長安就任監察御史，牛僧孺大擺宴席為他送行。酒後，牛僧孺不放心地對他說：「你前途遠大，將來定能有更大的發展，只是有一件事我放心不下，到了京城要檢點一下自己的行為，少拈花惹草，要保重自己的身體。」

杜牧有些不高興地說：「我一向很檢點，不是你所想像

的，但我還是感謝你對我的關心！」

牛僧孺微微一笑，讓僕人拿出一個小匣子交給了杜牧。杜牧忙打開一看，裡面裝的都是一些小紙條，仔細一看，上面都寫著：「某夜，杜書記宴某家，無恙」或「杜書記某夜過某家，無恙」等等。杜牧這才明白，這些都是牛僧孺所派兵士的密報。知道牛僧孺掌握他的一切行蹤，而且一直祕密地保護他，他感動得流下了眼淚。

杜牧到達長安後，一直記著牛僧孺的話，又想起揚州那段醉酒惡夢般的生活，寫下了這首《遣懷》詩。

此詩是詩人回憶自己在揚州幕僚生活的抒懷之詩。一、二句追憶昔日揚州生活：漂泊江湖，花天酒地，青樓歌榭，與嬌娃美人為伍，放蕩不羈，生活放浪。

第三句那發自肺腑的感喟，「十年」與「一覺」兩相比照，形成「長久」和「迅速」的對比，更加突出作者感喟之深。而這又完全彙集於「揚州夢」之「夢」字上：昔日的放蕩不羈，沉溺酒色；表面上喧鬧繁盛，內心卻充滿憂鬱煩惱，痛心疾首，不堪回首。這既是覺醒後的傷歎，也是作者為何「遣懷」悠悠十年揚州往事的癥結所在，一場大夢罷了。

結句是說，即使是自己曾經迷戀的青樓，也怪罪自己寡義薄情。「贏得」，在自嘲中酸辛與懊悔均襲心頭。它是對「揚州夢」進一層的否定，用語看似俏皮輕鬆，實則憂鬱煩惱。人生有幾個十年？而立之年自己卻又做了些什麼？又有什麼值得留戀的呢？

從此後，杜牧檢點自己的行為，在長安這段時間，很少到青樓去與歌女們廝混。

杜牧在這首《遣懷》詩的第二句「楚腰纖細掌中輕」引用了典故。

戰國時楚國宮廷中有許多漂亮的美女，但楚王卻喜歡細腰的姑娘，於是宮女們便想盡了一切辦法使腰變細，有的用布帶裹腰，有的故意少吃飯使腰變細，不少宮女活活餓死。

詩中所言「掌中輕」指的是體態苗條輕盈的宮女，典故來自於漢朝皇妃趙飛燕，傳說她身輕如燕，能在人托的盤子上跳舞。

🌀 重獲新生的喜悅

早發白帝城 ——李白

> 朝辭白帝彩雲間，千里江陵一日還。
> 兩岸猿聲啼不住，輕舟已過萬重山。

注　釋

- 白帝城：盛宏之《荊州記》：「朝發白帝，暮宿江陵，
  凡一千二百餘里，雖飛雲迅鳥不能過也。」
- 江陵：《新唐書・地理志》：「荊州江陵府，隋為南
  郡，天寶元年改為江陵郡。」

譯文注釋

　　早晨離開了雲端裡的白帝城，船帆順流東下，一千二百
里的路途好像只要一天的工夫就可以到達，長江兩岸山上猿
鳴不斷，順水船行駛很快，眨眼已行過了數座高山。

背景故事

　　李白被人推薦，來到了京城長安拜見皇帝唐玄宗，被任命翰林侍詔，他因不願「摧眉折腰事權貴」，便受人排擠，在朝廷中度過了一年半的時間，由唐玄宗將他「賜金還山」。從此，李白便四海為家，漫遊於祖國大江南北。

　　西元七五五年，唐朝大將安祿山、史思明勾結叛亂。安祿山從范陽起兵，率領十五萬大軍向南進軍，叛軍僅用了三十三天的時間便攻佔了洛陽，隨後繼續向京都推進，唐朝軍隊節節敗退。安祿山攻佔潼關，佔領了長安城。這就是歷史上著名的「安史之亂」。

　　唐玄宗帶領家眷群臣，狼狽的向四川方向逃去。途中命太子李亨為天下兵馬大元帥，又命令第十六個兒子永王負責守衛長江流域的東南一帶。

　　當時詩人李白帶領家人漂流在外，一路上親眼目睹了安史叛軍燒殺擄掠，戰死的士兵屍遍荒野，血流成河。李白曾寫下了很多憂國憂民、揭露叛軍、斥責統治者昏庸的詩篇。

　　永王接受父王唐玄宗的封命，帶兵在金陵抗擊叛軍，並在長江東南一帶廣招人才，徵兵買馬，補充軍隊。他聽說李白帶家眷隱居廬山，便幾次派人請李白出山，參加幕府。

　　李白懷著滿腔熱血和報效國家的激情參加了永王的抗敵大軍，他踏上征途，隨軍跋涉，久戰疆場，並寫下了許多豪情滿懷、慷慨激昂的詩章。

當時太子李亨就要即位，他害怕安史之亂後弟弟會同他爭奪皇位，便謊稱永王要叛亂謀反，隨後發兵攻打，很快便打敗了永王的軍隊，永王也因兵敗被殺。爲此，永王部下很多人受到牽連，李白逃到彭澤被捕，被流放到貴州遵義一帶。

西元759年2月，李白在長江三峽一帶漫遊。一天，他突然得知一個驚人的消息，唐肅宗下令大赦，赦免的人當中竟有自己，李白悲喜交加，馬上從白帝城（今四川省奉節）坐船沿長江順流向東而去。他當時興奮暢快極了，望著群山，看眼前激流，聞群山中猿聲迴盪，終於止不住激動的心情，吟出了這首千古流傳的絕句。

白帝城在奉節縣。它建築在高山之上，瀕臨長江，距瞿塘峽很近。詩人寫此詩時已經離開夔州，船行在江中。中途回望，只見群山高聳入雲天，早上告別了的白帝城，已經看不見了。天氣晴朗，五彩繽紛的雲霞輝映在剛才走過的地方。「彩雲間」三字不僅具體鮮明，而且暗示了水流湍急，舟行速，地勢高，距離遠，天氣好，心情舒暢。

李白「早發白帝城」，江陵還沒有到，所以詩中說「千里江陵一日還」。用這樣誇張的語句來表達極度興奮的心情是非常傳神的。

此詩在表現舟行迅疾時，把兩岸風物帶出，使人如聞如見。船在江中流駛如飛，在岸邊山上不斷的猿聲中，輕舟已飛馳過了萬重山。第三、四句還有言外之意：儘管兩岸猿猴苦苦地啼叫，可是我，輕舟如箭，已經越過了一切艱難險

阻，前途開闊，人脫劫難，心情無比輕鬆。其詩句也如江流奔瀉，不可遏止，極盡浪漫縹緲之美。

　　李白雖然被赦，但朝廷不想用他，他便回到家中。他雖經歷多次挫折，但報國之志依然不滅，他來到五松山下自己的家裡，讓兒女同農家結親，然後想再次從軍，參加太尉李光弼的部隊。當他趕到金陵時突然病倒，最後在安徽當塗他族叔李陽冰處去世了。

❀ 一覽眾山小

望嶽
——杜甫

岱宗夫如何？齊魯青未了。
造化鍾神秀，陰陽割昏曉。
蕩胸生層雲，決眥入歸鳥。
會當凌絕頂，一覽眾山小。

注釋

- 嶽：古代對高大之山的尊稱。此指泰山（今山東泰安市北），又稱東嶽。
- 岱宗：指泰山。宗，長之意。泰山被稱為「五嶽」（東嶽泰山、南嶽衡山、西嶽華山、北嶽恆山、中嶽嵩山）之首，故稱泰山為岱宗。
- 夫：古文句首虛詞無實意。
- 齊魯：春秋時兩個國名，齊在泰山之北，魯在泰山之南，皆在今山東省境內。
- 造化：指天地和大自然。

- 鍾：鍾情、聚集、賦予之意。
- 神秀：指山勢景象奇異超眾。
- 陰陽：山北為陰，山南為陽。
- 割：分割、區分。
- 蕩胸：心中激盪，胸襟開豁。
- 決眥：決，裂開。眥，眼眶。指睜大眼睛極目遠望。
- 會當：應當，一定要。
- 凌：登臨、攀登。
- 絕頂：最高峰。
- 眾山小：化用《孟子·盡心上》之句：「孔子登東山而小魯，登泰山而小天下。」表現出詩人開闊的心胸和氣魄。

譯文注釋

　　泰山啊！你到底怎麼樣呢？你莽莽蒼蒼，鬱鬱蔥蔥，聳立在望不到頭的齊魯大地上。大自然造化了泰山的神奇秀麗，又把它的景色在傍晚和早晨分割開來，只見山中雲氣迷漫，看後覺得胸襟激盪開闊，久久凝望後眼睛疼得受不了，但還是不願離去，一直到傍晚歸鳥入林宿息。登上泰山頂峰，那時再看周圍的山峰，顯得又矮又小了。

背景故事

杜甫（西元712年～770年），字子美，詩中常自稱少陵野老，祖籍襄陽（今屬湖北），自其曾祖時遷居鞏縣（今屬河南）。杜審言之孫。自幼好學，知識淵博，頗有政治抱負。開元後期，舉進士不第，漫遊各地。

天寶三載（西元744年）在洛陽與李白相識。後寓居長安（今屬陝西）將近十年，未能有所施展，生活貧困，逐漸接近人民，對當時的黑暗政治有較深的認識。靠獻賦始得官。及安祿山軍陷長安，乃逃至鳳翔，謁見肅宗，被任命為左拾遺。

長安收復後，隨肅宗還京，不久出為華州司功參軍。不久棄官往秦州、同穀。又移家成都，築草堂於浣花溪上，世稱浣花草堂。一度在劍南節度使嚴武幕中任參謀，武表為檢校工部員外郎，故世稱杜工部。晚年攜家出蜀，病死湘江途中。

杜甫的詩大膽的揭露了當時社會上的矛盾，對統治者的罪惡作了較深刻地批判，對窮苦人民寄以深切同情。他善於選擇具有普遍意義的社會題材，反映出當時政治的腐敗，在一定程度上表達了人民的願望。

許多優秀作品顯示出唐代由開元、天寶盛世轉向衰微的歷史過程，故被稱為「詩史」。在藝術上，善於運用各種詩歌形式，風格多樣，而以沈鬱為主；語言精練，具有高度的

表達能力。繼承和發展《詩經》以來的優良文學傳統，成為中國古代詩歌的現實主義高峰，起著繼往開來的重要作用。《兵車行》、《自京赴奉先縣詠懷五百字》、《春望》、《羌村》、《北征》、《三吏》、《三別》、《茅屋為秋風所破歌》、《秋興》等詩，皆為人傳誦。作品有《杜工部集》。

杜甫在三歲那年母親便去世了，他被寄養在洛陽的二姑母家裡，姑母一家人都非常喜歡他，他們不但從生活上關心照顧杜甫，對他的讀書學習也要求得特別嚴格。

在大人的正確引導和耐心幫助下，杜甫從小便養成了刻苦讀書、勤奮學習的好習慣，而且進步很快，他七歲便能作詩。

有一天，杜甫坐在家裡的小板凳上琅琅讀詩，在屋外做活的二姑母聽到這悅耳動聽的詩句，忙放下手中的工作大聲問：「侄兒，今天你在讀誰的詩呢？」杜甫高興地說：「二姑母我在讀自己作的詩。」

二姑母忙走進屋裡，拿過杜甫讀的詩稿，這是一首叫《鳳凰》的詩。二姑母也高興地與他一起大聲朗讀起來。讀完後，她開心地說：「鳳凰是百鳥之王，嗓子清脆，唱出的歌最動聽了，你將來一定能做詩國中的鳳凰，比任何詩人唱得都好聽！」杜甫受到了表揚，讀書的興趣更濃了，寫詩的衝勁也更足了，他每天寫呀、讀呀，從不間斷。

十四歲那年，二姑丈把他推薦給了當時洛陽城裡詩文非

常有名望的地方官崔尚和魏啓心。杜甫經常登門求教，同他們互相往來談論詩文，崔尚和魏啓心雖年齡比杜甫大二、三十歲，但他們都非常欣賞杜甫的才華，尊重這位有才華的小詩人，並同他結成了忘年之交。

雖然得到前輩詩人的肯定，但杜甫從不自滿，學習寫詩更加刻苦。他透過自己刻苦讀書的感受寫下了「讀書破萬卷，下筆如有神」的千古絕句。他決心像著名文學家、史學家司馬遷那樣，行萬里路去開闊眼界，增長見識，提高文學修養。

從二十歲起，他便漫遊祖國的大好河山，二十四歲那年他來到齊魯大地上，剛一到泰山，望見莽莽蒼蒼一眼望不到盡頭的岳嶺群峰，頓感詩興大發。

第二天，當他興致勃勃、氣喘吁吁地登上山頂，高興得不知道怎樣形容才好，他擦了擦滿臉的汗水，又認真地揣摹了片刻，便大聲地吟出了那幾句流傳至今的絕唱《望嶽》。

此詩由「望」而「贊」，再現了泰山的高峻雄偉，意境開闊，表現了詩人青年時代蓬勃朝氣與非凡的胸襟。

第一、二句寫遠望之貌。首句「岱宗夫如何」以設問起，寫出了初見泰山時的那種喜悅、驚歎、仰慕之情。泰山為五嶽之首，故稱岱宗。「夫如何」，就是「怎麼樣呢」。

第二句「齊魯青未了」是對「夫如何」的回答。詩人不直接回答泰山有多高、多大，而以古代齊、魯兩國之地來展示泰山跨越之寬廣，泰山之高大也就不言自明。「青未了」

寫遠望泰山的總體印象：蓊蓊鬱鬱、綠綠蔥蔥。「未了」二字更有兩層含義：就縱向時間而言，千百年來泰山都是如此蓊綠不褪；就橫向的空間而言，千數百里青綠盎然，綿延不斷，展現了泰山的巍峨氣勢和壯美色彩。

第三、四句寫近望之景。如果說遠望是大筆勾勒、寫意的話，那麼近望則近似工筆了。你看，「造化鍾神秀」，彷彿大自然都鍾情於泰山，使它靈動而秀麗，巍峨而博大。「陰陽割昏曉」，泰山本身由於高大，竟然能區分出陰陽昏曉來。因為泰山南向口為陽，泰山北背日為陰。山南向日已曉之時，山北背日仍為昏暗。這是由近望而顯現泰山之山勢特點。

第五、六句寫細望之感。細望泰山，雲層疊疊，盤旋繚繞；倦鳥歸林，暮靄重重。

如此從早到晚的細望，壯美的山勢山景觸發了詩人的主體感受，睜大眼睛專注地觀賞層雲、歸鳥之時，胸中不免激起浩然之氣，頓覺眼界大開，視野開闊。

第七、八句寫極望之情。什麼「情」呢？登臨而覽之情！所以，詩人用「會當」二字表示登攀之決心；「凌絕頂」，述登攀之頂點。然後再俯望群山，體會孔子所云「登泰山而小天下」之豪情。這兩句結語充分表達了青年杜甫雖考場失意，但仍充滿了不怕困難、俯視一切的雄心壯志和豪邁氣概。

✿ 寄情於山水的名篇

滁州西澗

—— 韋應物

獨憐幽草澗邊生，上有黃鸝深樹鳴。
春潮帶雨晚來急，野渡無人舟自橫。

注　釋

- 滁州：今安徽省滁縣。
- 獨憐：只愛。
- 深樹：樹林的深處。
- 野渡：郊外的渡口。
- 舟自橫：渡船自由自在地浮泊。

譯文注釋

　　我特別喜愛生長在澗邊的幽草，岸邊濃密的樹叢中有黃鸝啼鳴。春潮夾帶暴雨在傍晚來得更急，野外無人過渡，渡船橫泊在河心。

背景故事

　　唐德宗建中四年（西元783年），韋應物由尚書比部員外郎出任滁州刺史。滁州，是個風景綺麗的地方，四周叢山環抱，鬱鬱蒼翠。而滁州西澗，佳木繁陰，水聲潺潺，風景優美。第二年春天，詩人來到滁州西澗，為了寄託他的情思和意緒，便寫了《滁州西澗》詩。

　　這是一首山水詩名篇，詩人透過對比，從「澗邊」寫到「澗中」，以情寫景，借景述意，寫暮春遊西澗賞景與晚雨渡口所見，恬淡的胸襟和憂傷的情懷在詩中自然得到流露。

　　首句以「獨」字領起，「憐」字緊承，詩人用「獨憐」二字表明自己喜愛的心情，「獨憐」指的是那澗邊生長在僻靜處的自甘寂寞、安貧守節的野草。詩人不寫春天的桃紅柳綠，唯獨喜歡這種安靜而又有生氣的景色，這透露出詩人對潔身自好的人品和歸隱生活的嚮往。

　　第二句，詩人從視覺、聽覺兩方面來勾畫，枝葉茂密的樹木深處，黃鸝唱著悅耳動聽的歌。「深」字既寫大樹參天、枝繁葉茂之態，又突出樹林深處的靜；「鳴」字以動襯靜，也為西澗增添生機。

　　第三、四句寫雨中所見所聞。春潮帶著雨水，夜晚急著上漲；渡口無人之小船，獨自打橫在江上。晚潮帶春雨，水勢更急，倘在要道，正是渡船大用之時，不會「舟自橫」；而郊外渡口，行人本不多，此刻更無人，船夫也回家了，空

空的渡船只有自己悠然漠然了。詩人以「急雨」、「春潮」來顯示靜中有動，又以「無人」和「舟自橫」使動歸於靜。這也是詩人當時的處境和心情的具體寫照，並由此流露出淡淡的憂傷。

詩人在仕途生涯中，憂中唐政治弊端，疾百姓生活貧苦，有志改革而無力，欲歸隱而不能，常常被出仕、退隱所困擾，只好不進不退，任其自然。

詩人思歸隱，故「獨憐幽草」，自己的無所作爲，正像水急之時的野渡舟橫。情入景，景融情，主觀與客觀渾然一體。

這首詩中的「野渡無人舟自橫」使人們交口稱讚。在宋代，有一次皇家畫院考試，出的考試題就是「野渡無人舟自橫」。很多畫家都畫一個荒涼的渡口，河中橫著一條空船。只有一個畫家細細體會全詩的意境，他在畫上加了兩隻小鳥，一隻站在船頭、另一隻往下飛，船頭上的小鳥好像在招呼下飛的鳥。正是這兩隻鳥，點出詩中「無人」三字，這幅畫奪得第一。

由於這首詩的影響，滁州西澗成了風景勝地，吸引了無數的遊客。

唯有牡丹真國色

賞牡丹
——劉禹錫

庭前芍藥妖無格，池上芙蕖淨少情。
唯有牡丹真國色，花開時節動京城。

譯文注釋

庭院裡的芍藥花雖然妖艷，但格調不高，池子裡的荷花雖然潔淨，但缺少風情，唯有牡丹才是天底下最美的花卉，它的盛開曾轟動了整個京城。

背景故事

唐武宗會昌年間，長安城的大慈恩寺院內有兩叢牡丹，每次花開上千朵，花姿妖艷，令觀賞的人流連忘返。

一天，有幾個官人在寺內遊覽觀花，觀賞完牡丹花後歎息的說：「世上所見的好花，都是深或淺紫色，怎麼沒見過深紅色的。」

一個老和尚聽後問道：「你們指的是牡丹花嗎？」

幾位官人點了點頭。

老和尚笑呵呵地說：「世上的花千姿百態、萬紫千紅，當然牡丹花也不例外。」

官人忙問：「聽你的意思寺院裡真有深紅色的牡丹花？」

老和尚說：「怎麼沒有，只是諸位沒有見到而已。」

這幾位官人聽了老和尚的話，在寺內待著不去，非要找到深紅色牡丹花觀賞不可。天色已晚，幾個人只好住在寺院。第二天一清早，他們又繼續尋找，可還是沒有找到。見到老和尚，官人們又問道：「我們還是沒有找到紅色牡丹，莫非你在欺騙我們嗎？」

老和尚又笑了笑說：「看來你們真是來賞花的，也非常愛牡丹花，既然這樣，我也不敢再珍藏了，你們一會兒隨我來，但看後絕不准對別人說。」

幾位官人都點了點頭。

於是老和尚將他們領進另一個小院，打開了一扇房門，內有佛像和帳幕，拉開幕後又有一個暗門，打開暗門，來到另一處精緻的小院裡。

院的中央用木棍圍建了柵欄，欄內種著一叢牡丹，正盛開著上百朵深紅色的花，在燦爛的朝陽映照下，好似一團團紅火，花上還帶有晶瑩的露珠。這幾個官人都看呆了，一直賞玩到天黑才走。

後來，這位老和尚十分後悔，對他的徒弟說：「我辛辛苦苦栽培了近二十年，才得到這麼好的花，怪我一時衝動讓

生人給觀賞了，也不知道日後還能否保得住。」

　　幾日後，這幾位官人又來到寺院找到了老和尚說：「我們也栽培了一叢牡丹花，比你這裡的還要妖艷。」

　　老和尚忙說：「能帶我去觀賞嗎？」

　　官人回答：「上次你讓我們觀賞了你的紅牡丹，我們怎麼會不答應你呢？」

　　老和尚隨他們來到官府，根本沒有看到什麼牡丹花。幾位官人解釋說：「看了你的紅牡丹，我們都想買下它，但怕你捨不得，只好採取了這種辦法騙你。」老和尚聽後，慌忙朝寺院跑去。

　　老和尚氣喘吁吁地回到了寺院，急忙朝紅牡丹的小院奔去。只見他的徒弟正坐在那裡哭泣，紅牡丹花一枝也沒有了，地上留下剛挖的幾個深坑。老和尚吼道：「你這沒用的東西，我的花呢？我的紅牡丹呢？」

　　徒弟抽泣著回答說：「你剛走後，來了一幫人，非要買下這叢紅牡丹，我怎麼也攔不住，他們用大畚箕將花掘起盛走，還留下了三十兩銀子。」老和尚聽後呆坐在了地上。

　　在當時，不論是達官貴人還是貧民百姓，對牡丹花都非常癡迷，特別是對奇特的牡丹花，對於它的嬌艷沒有觀賞到，那是絕對的遺憾。詩人有感於此，於是作了一首《賞牡丹》。

　　芍藥、芙蕖（荷花）也算是享有盛名的花，詩人只用了「妖無格」和「淨少情」，便將這兩種花的美中不足點了出

來。應該說詩人觀察得很細，筆法卻是寫意的。

芍藥與牡丹同科（牡丹又名「木芍藥」），盛開時極艷麗，但花朵大都集中在花株的頂端，未免呆板了些，花形少變化，不及牡丹花掩映在綠葉扶疏間，千姿萬態，婀娜多姿，花色豐富。

荷花素有「君子花」的美譽：出污泥而不染，濯清漣而不妖。但它的不枝不蔓，矜持冷艷，自是少了一些情趣和風致，而且，即使在最盛開之時，荷塘裡也還是綠肥紅瘦，不成氣候。

詩人在點評了「芍藥」、「芙蕖」的美中不足後，筆鋒陡轉，由靜態轉為動態，由微觀到宏觀，直抒胸臆道：「唯有牡丹真國色，花開時節動京城。」那種春光萬里、姹紫嫣紅、傾城傾國的美景，詩人隻字不提，一個「動」字，就把無限的想像和美感留給了讀者去延伸……

昔日的唐東都就是今日中國的花城洛陽，牡丹花會期間，當您置身於牡丹花的海洋，就會豁然解讀劉禹錫的「唯有牡丹真國色」的詩句。

江南的春天

江南春

——杜牧

千里鶯啼綠映紅，水村山郭酒旗風。
南朝四百八十寺，多少樓台煙雨中。

注　釋

- 啼：叫。
- 山郭：靠山的城牆。
- 酒旗：酒店門前高掛的布招牌。
- 南朝：西元420年～589年，建立於南方的宋、齊、梁、
　　　　陳四個王朝的總稱。當時建立了大批佛教寺院。

譯文注釋

　　在千里路上，到處聽到黃鶯的叫聲，望見紅花綠柳相
映，還有流水傍山的小村莊，山腳的小城邊挑出的賣酒的旗
子在隨風飄蕩。想起南朝，有許多個寺院，其中不知有多少
樓台在這煙雨之中。

背景故事

杜牧出身名門，祖先都曾當官。因爲他才華出眾，所以在當時的京城長安也很有名氣。唐文宗大和二年（西元828年），杜牧來到洛陽參加進士考試，太學博士吳武陵準備推薦他爲狀元。

這天，吳武陵專門來拜訪主考官禮部侍郎崔郾。兩人寒暄後，吳武陵說：「我聽說前不久應考的學生爭著傳看一篇題爲《阿房宮賦》的奇文，侍郎太忙，沒有來得及看吧？」

崔郾拿來杜牧的《阿房宮賦》全文看了一遍，也非常欣賞，便問：「此文的作者是誰？」

吳武陵回答：「作者叫杜牧，是個了不起的人才，請侍郎考慮在這次考試時錄取他爲狀元如何？」

崔郾說：「狀元已經有人了。」

吳武陵說：「那就取他爲進士。」

後來崔郾向諸位官員推薦杜牧，有人不同意說：「杜公子詩文寫得確實不錯，但此人不拘小節，錄取他怕會有議論。」

崔郾不高興地說：「我已經答應下來，無論如何這次也要錄取。」

果然，金榜題名時，在錄取的三十三名進士中，杜牧排在第五名。

這首《江南春》，千百年來素負盛譽。四句詩，既寫出了江南春景的豐富多彩，也寫出了它的廣闊、深邃和迷離。

「千里鶯啼綠映紅，水村山郭酒旗風。」詩一開頭，就像迅速移動的電影鏡頭，掠過南國大地：遼闊的千里江南，黃鶯在歡樂地歌唱，叢叢綠樹映著簇簇紅花；傍水的村莊、依山的城郭、迎風招展的酒旗，一一在望。迷人的江南，經過詩人生花妙筆的點染，更加令人心旌搖盪了。

「南朝四百八十寺，多少樓台煙雨中。」從前兩句看，鶯鳥啼鳴，紅綠相映，酒旗招展，應該是晴天的景象，但這兩句明明寫到煙雨，是怎麼回事呢？這是因為千里範圍內，各處陰晴不同，也是完全可以理解的。

不過，還需要看到的是，詩人運用了典型化的手法，掌握住了江南景物的特徵。江南特點是山重水複，柳暗花明，色調錯綜，層次豐富而有立體感。詩人在縮千里於尺幅的同時，著重表現了江南春天掩映相襯、豐富多彩的美麗景色。

詩的前兩句，有紅綠色彩的映襯，有山水的映襯，村莊和城郭的映襯，有動靜的映襯，有聲色的映襯。

但這些還只描繪出江南春景明朗的一面。所以詩人又加上精采的一筆：「南朝四百八十寺，多少樓台煙雨中。」金碧輝煌、屋宇重重的佛寺，本來就給人一種深邃的感覺，現在詩人又特意刻劃出它掩映於迷濛的煙雨之中的景象，這就更增加了一種朦朧迷離的色彩。

這樣的畫面和色調，與「千里鶯啼綠映紅，水村山郭酒旗風」的明朗絢麗相映，就使得這幅「江南春」的圖畫變得更加豐富多彩。

「南朝」二字更給這幅畫面增添悠遠的歷史色彩。「四百八十」是唐人強調數量之多的一種說法。詩人先強調建築宏麗的佛寺的數量龐大，然後再接以「多少樓台煙雨中」這樣的喟歎，就特別引人遐想。

行走的快樂

山行

——杜牧

遠上寒山石徑斜，白雲生處有人家。
停車坐愛楓林晚，霜葉紅於二月花。

注　釋

- 寒山：深秋天涼，山帶寒意。
- 石徑：石頭砌成的小路。
- 坐：因為。
- 紅於：比……還要紅。

譯文注釋

　　蜿蜒石路遠遠地伸向山崖，白雲升騰處隱約看見屋舍人家。停下車來，是因為喜愛賞楓林晚景，那經霜的楓葉竟比二月的鮮花還要火紅。

153

背景故事

「霜葉紅於二月花」形容深秋的楓葉，具體生動，已成為千古流傳的名句。據傳說這是杜牧在遊覽潭州（今長沙）岳麓山時所寫的。這首詩描繪的是秋之色，展現出一幅動人的山林秋色圖。

詩裡寫了山路、人家、白雲、紅葉，構成一幅和諧統一的畫面。這些景物不是並列的處於同等地位，而是有層次地聯繫在一起，有主有從，有的處於畫面的中心，有的則處於陪襯地位。簡單來說，前三句是賓，第四句是主，前三句是為第四句描繪背景、創造氣氛，起鋪墊和烘托作用的。

「遠上寒山石徑斜」，寫山，寫山路。一條彎彎曲曲的小路蜿蜒伸向山頭。「遠」字寫出了山路的綿長，「斜」字與「上」字呼應，寫出了高而緩的山勢。

「白雲生處有人家」，寫雲，寫人家。詩人的視線順著這條山路一直向上望去，在白雲飄浮的地方，有幾處山石砌成的石屋石牆。這裡的「人家」照應了上句的「石徑」，這一條山間小路，應該就是那幾戶人家出出入入的通道，這就把兩種景物有層次地聯繫在一起了。

有白雲繚繞，說明山很高。詩人用橫雲斷嶺的手法，讓這片片白雲遮住讀者的視線，卻給人留下了想像的餘地：在那白雲之上，雲外有山，定會有另一種景色吧？

對這些景物，詩人只是在作客觀地描述。雖然用了一個

「寒」字，也只是為了引出下文的「晚」字和「霜」字，勾勒楓林所處的環境，並不表現詩人的感情傾向。

「停車坐愛楓林晚」便不同了，傾向性很鮮明，很強烈。那山路、白雲、人家都沒有使詩人動心，這楓林晚景卻使得他驚喜之情難以抑制，為了要停下來領略這山林風光，竟然顧不得驅車趕路。

前兩句所寫的景物已經很美，但詩人愛的卻是楓林。透過前後對比，已經為描寫楓林鋪平墊穩，蓄勢已足，於是水到渠成，引出了第四句：點明喜愛楓林的原因。

「霜葉紅於二月花」，把第三句補足，一片深秋楓林美景具體展現在我們面前了。詩人驚喜地發現在夕暉晚照下，楓葉流丹，層林如染，真是滿山雲錦，如爍彩霞，比江南二月的春花還要火紅，還要艷麗呢！

難能可貴的是，詩人透過這一片紅色，看到了秋天像春天一樣富於生命力，使秋天的山林呈現一種熱烈的、生機勃勃的景象。

詩人沒有像一般封建文人那樣，在秋季到來的時候，哀傷歎息，他歌頌的是大自然的秋色美，展現出了豪爽向上的精神，有一種英爽俊拔之氣拂拂筆端，表現出了詩人的才氣，也表現出了詩人的見地。這是一首秋色的讚歌。

第四句是全詩的中心，是詩人濃墨重彩、凝聚筆力寫出來的。不僅前兩句疏淡的景致成了這艷麗秋色的襯托，即使「停車坐愛楓林晚」一句，看似抒情敘事，實際上也起著寫

景襯托的作用：那停車而望、陶然而醉的詩人，也成了景色的一部分，有了這種景象，才更顯出秋色的迷人。

杜牧出身富貴名門，不但愛遊玩美景，更曾留下很多風流軼事。唐詩中曾記載著杜牧醉酒後的一段故事。

杜牧從洛陽來到長安任監察史，七月間就分司東都，即到洛陽去任職。

一天，洛陽城裡的名人李司徒宴請各界知名人士，由於杜牧是朝廷派來的監察官員，李司徒不敢請他赴宴。杜牧知道了這件事後很不高興，於是派人到李府通報，說自己想來參加宴會。

李司徒怕得罪他，只好派人請他來赴宴。當時，杜牧正坐在院中賞花飲酒，已醉意朦朧。

杜牧來到了李家，這時酒宴已經開始，這裡賓客滿堂，兩邊還侍立著上百名歌女，杜牧坐在席上，將她們一個個仔細看著。

這時，李司徒告訴杜牧說：「杜官人，這裡的歌女不但個個技藝精湛，而且長得很漂亮，但她們都是鮮花下的綠葉，有一位叫紫雲的姑娘，才是百花之王。」

杜牧忙放下酒杯，急忙問：「哪位姑娘叫紫雲？快快出來！」

這時，一位身著白色紗衣的青春少女，像天宮仙人飄飄而來，杜牧看傻了眼，他大聲喊道：「果真名不虛傳，應該把她送給我。」

這句話說得粗魯無禮，卻又出自一個風度翩翩、才華出眾的監察御史之口，而且聲音又這樣大，惹得主人和賓客們都放聲大笑，連周圍的歌女和侍女也都回頭笑了起來。

　　杜牧這才覺得自己失態失言，又不好意思做任何解釋，於是站起身又喝了一杯酒，然後朗吟了下面這首七絕詩。

　　《兵部尚書席上作》

　　華堂今日綺宴開，誰喚分司御史來。

　　忽發狂言驚滿座，兩行紅粉一時回。

　　詩意是：華麗的殿堂舉行盛大的宴會，是誰請來了我這個分司東都的御史來。忽然說出了狂言驚動了滿屋的賓客，就連站在兩旁的女伶們都回頭看我這個無禮貌的客人。

　　賓客們聽罷，都興奮地高聲贊道：「好詩！」

🌀 神童詠鵝

詠鵝
——駱賓王

鵝、鵝、鵝，曲項向天歌。
白毛浮綠水，紅掌撥清波。

注　釋

- 詠：用詩、詞來敘述或描寫某一事物。《詠鵝》是駱賓王七歲時寫的詩。
- 項：頸的後部。
- 掌：詩中指鵝的腳掌。

譯文注釋

　　鵝呀鵝，彎著脖子向天歡叫。潔白的羽毛漂浮在碧綠的水面上，紅紅的腳掌撥動著清清的水波。

生活篇

158

　　駱賓王小時候智力超人，才華非凡。他居住的村邊有一個池塘，池塘裡的水清澈碧綠，每年春天到來的時候，這裡桃花盛開，柳枝返綠，景色宜人，是個迷人的地方，駱賓王經常和小夥伴來這裡玩耍嬉戲。

　　他七歲那年，有一天，家中來了一位客人。酒飯之後，客人帶著他到村邊的池塘邊上去玩。此時，正是春天，柳綠桃紅，清風美景，他們心中都非常暢快。走到池塘邊上，見到一群白鵝在池塘中游來遊去，有伸長脖子的，有洗刷羽毛的，自在極了。駱賓王常到這裡來，也常見到這群鵝，每次他都坐著看好半天好半天的。客人想試試駱賓王的才學，就指著鵝群說：「你以鵝為題，作一首詩，行嗎？」

　　駱賓王沒花多少工夫，就作好了這首《詠鵝》詩。

　　客人連連拍手，說：「好詩！好詩！」

　　這首詩從一個七歲兒童的角度看鵝游水嬉戲的神態，寫得極為生動活潑。首句連用三個「鵝」字，表達了詩人對鵝十分喜愛之情。這三個「鵝」字，可以理解為孩子聽到鵝叫了三聲，也可以理解為孩子看到鵝在水中嬉戲，十分欣喜，高興地連呼三聲「鵝、鵝、鵝」。

　　次句「曲項向天歌」，描寫鵝鳴叫的神態。「曲項」二字形容鵝向天高歌之態，十分確切。鵝的高歌與雞鳴不同，雞是引頸長鳴，鵝是曲項高歌。

　　三、四句寫鵝游水嬉戲的情景：「白毛浮綠水，紅掌撥清波。」「浮」「撥」兩個動詞生動地表現了鵝游水嬉戲的姿態。「白毛」「紅掌」「綠水」等幾個色彩鮮艷的詞語給人以鮮明、具體的視覺感受。鵝白毛紅掌，浮在清水綠波之上，兩下互相映襯，構成一幅美麗的「白鵝嬉水圖」，表現出兒童時代的駱賓王已經具備了觀察事物的高超能力。

　　詩中把在水裡浮游的鵝的形態寫得惟妙惟肖，生動逼真，而且又合音律，用詞也恰恰展現出一個兒童的天真童趣。後來駱賓王更是因這首詩而遠近聞名，被當時的人們譽為「神童」。

愛情篇

「春蠶到死絲方盡，蠟炬
成灰淚始乾」，割不斷的是永恆的
不了情，愛情是詩歌永恆的
主題，唐詩自然也少不了：君情與妾意，各自
東西流。長說上皇和淚教，月明南內更無人。今生已
過也，願結來生緣……這一首首詩篇共同
譜寫了蕩人心魂的愛情交響曲。

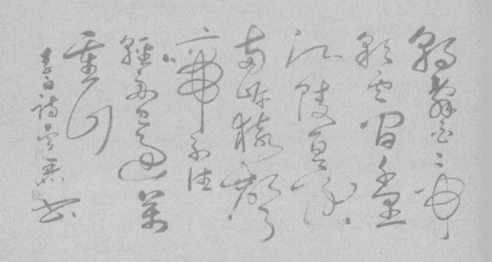

❀ 紅顏薄命，阿嬌失寵

妾薄命

——李白

漢帝寵阿嬌，貯之黃金屋。
咳唾落九天，隨風生珠玉。
寵極愛還歇，妒深情卻疏。
長門一步地，不肯暫回車。
雨落不上天，水覆難再收。
君情與妾意，各自東西流。
昔日芙蓉花，今成斷根草。
以色事他人，能得幾時好？

注　釋

- 寵：指寵愛。
- 難再：指重複困難。

漢武帝寵愛阿嬌，想造一座金屋供她居住，連她吐的口唾沫也像似從天空飛來隨風化成的珠玉。但寵愛到了極點，感情便逐漸淡漠，她越是嫉妒，皇帝越是疏遠她，長門宮雖然很近，但武帝也不願看她一眼。雨是不會朝天上下的，潑出去的水不能再收回。

武帝與阿嬌的感情從此像流水一樣各奔東西，再也不能融在一起。過去的阿嬌像芙蓉花一樣受人寵愛，如今卻像斷根草一樣無人理睬。靠美貌來博得人的喜歡，是不會長久的。

背景故事

阿嬌是漢武帝的第一位皇后。關於他們，史書上曾有過許多記載。

漢武帝小的時候便十分受寵，一次，他姑媽長公主將他叫到跟前開玩笑：「告訴姑媽你想要妻子嗎？」

小武帝眨著眼竟毫不猶豫地答道：「想要！」

姑媽又將他抱起來放到膝蓋上繼續問：「那你想要娶個什麼樣的呢？」

小武帝瞪著眼睛不回答。

姑媽指遍了周圍的侍女問他要哪一個做妻子，他都搖頭說不要。最後姑媽指著自己的女兒陳阿嬌問：「你喜歡阿嬌嗎？」

小武帝爽快地回答：「喜歡！」

引起堂內的人一陣大笑。

小武帝認真地說：「若能娶阿嬌爲妻子，我要修一座漂亮的金屋給她住。」

十年後，小武帝果然被立爲太子並繼承了皇位，而陳阿嬌也真的嫁給武帝做了皇后。根據這個歷史故事，後人將「金屋藏嬌」延續下來變成了今天的成語。

武帝即位後，姑媽長公主認爲自己功德顯著而沾沾自喜，對武帝的要求特別多，而且從不滿足，這令武帝很厭煩。時間久了，陳阿嬌的美貌漸逝，武帝對她的寵愛也淡漠了，甚至有意疏遠她，轉而投向別的妃子懷抱，這使阿嬌十分嫉妒，爲了能繼續得到皇上的寵愛，她找來女巫施妖術，武帝知道後非常氣憤，下令將阿嬌打入了冷宮。

全詩十六句，每四句基本爲一個層次。詩的前四句，先寫阿嬌的受寵，而從「金屋藏嬌」寫起，欲抑先揚，以反襯失寵後的冷落。

詩中用「咳唾落九天，隨風生珠玉」兩句誇張的詩句，具體地描繪出阿嬌受寵時的氣焰之盛，真是炙手可熱，不可一世。但是，好景不長。從「寵極愛還歇」以下四句，筆鋒一轉，描寫阿嬌的失寵，俯仰之間，筆底翻出波瀾。

嫉妒的陳皇后，爲了「奪寵」，曾做了種種努力，都沒有收到多大的效果，後者反因此得罪，後來成了「廢皇后」，幽居於長門宮內，雖與皇帝只相隔一步之遠，但咫尺天涯。

「雨落不上天」以下四句，用具體的事物做比喻，說明令皇上意轉心回已不可能。這是什麼原因呢？最後四句，詩人用比喻的手法，具體地揭示出這樣一條規律：「昔日芙蓉花，今成斷根草。

　　以色事他人，能得幾時好？」這發人深省的詩句，對以色取人者進行了諷刺，同時對「以色事人」而暫時得寵者，也是一個警告。

相見不如懷念

漢宮
—— 李商隱

通靈夜醮達清晨，承露盤晞甲帳春。
王母西歸方朔去，更須重見李夫人。

譯文注釋

武帝在通靈台通宵達旦地求仙，承露盤乾了又作迎神的甲帳。王母娘娘回西方去了，東方朔也離開了武帝，而武帝更關心的是他的寵姬李夫人。

背景故事

漢朝李夫人有個哥哥叫李延年，是武帝的樂師，由於他既能作曲又會演唱，而且演技高超，很受歡迎。他常常唱一些自己創作或改編的歌曲，令人耳目一新。因此，漢武帝很喜歡他，每回宮中設宴，總要把他召來表演。

這一天，皇宮裡又是輕歌曼舞，絲竹聲聲。漢武帝一邊開懷暢飲，一邊觀賞著宮女們翩翩的舞姿。過了一會兒，一

個身材修長、相貌英俊的青年出場了，他就是李延年。皇帝微笑地看著他，今天李延年顯得比往常更加神采奕奕，白淨的臉上透著一層淡淡的紅光。

李延年向皇上請了安，就飄然起舞，引吭高歌：「北方有佳人，絕世而獨立。一顧傾人城，再顧傾人國。寧不知傾城與傾國，佳人難再得。」

歌詞的大意是說北方有個漂亮的姑娘，世界上沒有第二個人能比得上。她一笑，全城人都為之傾倒，她再回眸一笑，全國的人都想欣賞她的美貌。而她還不知她的美貌會傾城傾國，這是世上很難得到的美女啊！

漢武帝聽罷此歌感歎地問：「難道世上真有這樣的美女？」

顯然，皇帝是被李延年的歌打動了。

「稟告皇上，這位絕代佳人就是我的親妹妹。」李延年看出皇帝的意思，不失時機地說。其實，李延年就是為了引薦妹妹，才作這首歌的。

「快，快把她接到宮裡來！」漢武帝急切地說。

這樣，李延年的妹妹就被召進宮去。皇帝一看，果然是一個美麗絕倫的女子，並且跟她哥哥一樣能歌善舞，心中便非常喜歡，對她備加寵愛。這女子就是歷史上著名的「李夫人」。她哥哥作的那首詩後來就叫《李延年歌》，「傾國傾城」也成了一個形容美貌女子的成語。

李夫人進宮後第一年便為武帝生了一個兒子，不久，她

便重病纏身。

李夫人哭泣著說：「妾重病在身，樣子難看，不敢見皇上。只求皇上在我死後能善待我的兒子和哥哥。」

武帝忙說：「朕依妳就是，讓朕再看妳一眼吧！」

李夫人仍是不肯。

武帝焦急地說：「夫人，妳讓我看上一看，朕賜妳黃金萬兩，再賜封妳哥哥做大官，並好好照顧兒子。」

李夫人只是謝過皇恩，但還是沒答應武帝的要求。過後，有人問李夫人為什麼不讓皇上見最後一面？李夫人說：「我之所以能進宮受到皇上的恩寵，是因為我長得漂亮。我的美貌已在皇上心中留下了很深的印象，現在我病得這樣難看，皇上見了定會將我過去的美貌全都忘掉，我是想讓他記住我的美貌，永遠想念我，日後才會照顧我的兒子和哥哥。」

不久，李夫人病死了，果真如她所說，漢武帝非常懷念她。封她哥哥李延年為協律都尉，封另一個哥哥為貳師將軍。由於武帝日夜思念李夫人，便讓方士少翁從陰間招回夫人。

少翁裝神弄鬼，大擺靈台，也不知搞了什麼鬼把戲，武帝在昏暗的燭光中彷彿真的見到了李夫人，便更加悲痛，令樂工作詞譜曲，以寄託對李夫人的哀思。

玄宗思貴妃

雨霖鈴 ——張祜

雨霖鈴夜卻歸秦，猶見張徽一曲新。

長說上皇和淚教，月明南內更無人。

譯文注釋

又是一個下雨的夜晚，皇上回歸長安後又一次聽到鈴聲，樂工張徽帶來了一首新樂曲，他說這是太上皇唐玄宗含著眼淚教他的，在月光明亮的興慶宮內卻是寂靜無人啊！

背景故事

唐玄宗天寶十五年，安史叛軍攻佔長安，唐玄宗西逃路上在禁軍的威逼下，賜死楊貴妃。貴妃死後，就葬在距長安一百里路的馬嵬坡，唐玄宗及隨從繼續西行，一路上，唐玄宗十分悲傷，日夜都在思念楊貴妃。

在快進入四川時，正趕上陰雨連綿的天氣，雨下個不停，當時前面的棧道又擋住了去路，在棧道的最險要處，道

旁有鐵索供人攀扶，索上掛有鈴鐺。人走時扶索，聽見鈴聲可以前後相應，以便互相照顧。唐玄宗聽見雨中斷斷續續的鈴聲，又想起在宮廷他與貴妃歌舞的樂聲，更引起了對貴妃的懷念。

晚上，他寫了一首樂曲《雨霖鈴》寄託自己的思念。這就是後來詞牌《雨霖鈴》的由來，當時最著名的演奏師張徽經常在唐玄宗身邊為他演奏此曲。每當玄宗聽見演奏便想起往事，常常是淒然淚下。

唐代詩人張祜，以雨霖鈴為題寫了一首七絕《雨霖鈴》。

「雨霖鈴」曲原作於去蜀途中，不久兩京收復，唐玄宗從蜀中歸來。一個「卻」字暗示這一戲劇性變化。「猶見張徽一曲新」，也從「雨」曲生發。「一曲新」明指《雨霖鈴》，卻也含蓄地表達風流雲散，往事如煙。

這支新曲乃唐玄宗在劍閣棧道為悼念楊妃所作，末兩句「長說上皇和淚教，月明南內更無人」指興慶宮，在皇城東南，玄宗自蜀歸來後即移居此處。此時楊玉環已死，玄宗成了孤家寡人。

後來，長安收復，唐玄宗從成都回到了長安，他想將楊貴妃遺體從馬嵬坡遷出隆重改葬。這時，他的兒子唐肅宗稱帝掌權，當時禮部侍郎李揆和一些大臣反對這件事，李揆對肅宗皇上說：「楊國忠勾結胡人妄圖謀反，他才被禁軍殺掉，楊國忠是楊貴妃的哥哥，將楊貴妃的屍體遷出改葬，恐怕禁軍將士們不會同意，也會引起混亂。」

唐肅宗聽罷決定不改葬。已成爲太上皇的唐玄宗無可奈何，只好祕密下令宦官偷偷移葬。

楊貴妃入葬時裹的是紫褥，這次移葬打開以後，紫褥上的肌膚已腐爛，只是胸前佩戴的一個絲織香囊還完好無損。主持移葬的宦官高力士取下香囊交給唐玄宗。玄宗見後，睹物思人，悲傷不已，流著淚對高力士說：「這香囊是特殊的冰蠶絲織的，其中又裝有異香，所以沒有壞呀！」

傳說貴妃死後，一個姓錢的驛卒在打掃馬嵬驛時拾得錦襪一隻，帶回家交給他母親收藏。襪上有一對用五色錦繡成的並蒂蓮花，認定這是貴妃的遺物。此事傳開後，不少人要求看一看，但錢老太太卻將它據爲己有，凡看的須付銅錢百枚。高力士聽說此事，找到錢老太太並用重金買下了貴妃遺留的襪子。

悲歌一曲人復還

移家別湖上亭 ——戎昱

好是春風湖上亭，柳條藤蔓繫離情。
黃鶯久住渾相識，欲別頻啼四五聲。

譯文注釋

春風撲面，景色宜人，我來辭別往日最喜愛的湖上錦亭。微風中，亭邊柳條、藤蔓輕盈招展，彷彿是伸出無數多情的手臂牽扯我的衣襟，不讓我離去。這情景真叫人不勝留戀，住了這麼久了，亭邊柳樹枝頭的黃鶯，跟我也是老相識了，在這即將分離的時刻，別情依依，鳴聲悠悠，動人心弦，使人久久難以平靜。

背景故事

戎昱，荊南人，登進士第。衛伯玉鎮荊南，辟為從事。為辰、虔二州刺史。其詩語言質樸，鋪陳描寫的手法較為多樣，意境上大多寫得悲氣縱橫，頗為感人。題材上寫邊塞戎

旅和秋思送別的詩很多。其代表作有《塞下曲》、《移家別湖上亭》、《苦哉行五首》、《羅江客舍》、《客堂秋夕》、《從軍行》、《江城秋霽》、《送陸秀才歸覲省》、《霽雪》、《江上柳送人》、《辰州建中四年多懷》、《八月十五日》、《出軍》、《紅槿花》、《桂州歲暮》、《旅次寄湖南張郎中》等，其中以《塞下曲》和《移家別湖上亭》兩首為最著名。

關於戎昱，還留傳著一個故事。

唐憲宗時期，戎昱在零陵（今湖南零陵）任地方最高長官。這天，他宴請一位遠道來的朋友，大家在一起正高高興興地談論著，其中的一位客人對遠道而來的朋友說：「地方官金屋藏嬌，這個姑娘叫婉兒，不但長得非常美麗，而且歌也唱得十分動聽。」

這位朋友忙說：「為什麼不請出來為大家斟酒歌舞一番？」

這位叫婉兒的姑娘是戎昱的婢女，她聰明伶俐，能歌善舞，戎昱非常喜歡她，他不願意在大庭廣眾之下讓她出面，只希望她讀書寫字，將來能成為他的幫手，經這位朋友一說，他只好讓她為客人斟酒，唱歌。

婉兒出現在眾人面前，許多人被她的美貌所傾倒，她唱的一首歌也使客人們讚不絕口，都對戎昱羨慕不已。戎昱的這位朋友回到襄陽後，向這裡的節度使于由頁講了這件事，他說：「零陵的太守戎昱有個姬妾，不僅歌喉婉轉，而且長

得美如天仙，何不要來爲您唱歌跳舞？」

　　于由頁一聽，立即派人去要，戎昱不敢得罪他，婉兒雖然是他的心愛之人，也只好讓來人帶走。臨行前，婉兒含淚與他告別，戎昱當即寫下一首七絕詩送給她。

　　見歌女來到府上，于由頁很高興，立即設宴慶賀，命她爲眾客人歌舞，婉兒含淚爲大家唱了一首，其大意是：這戴著嵌珠寶首飾穿著翡翠綠裙的姑娘，妝扮好後忍著眼淚去陪伴別人。盡心侍候使那襄陽的于公滿意吧！別在夢中再想念千里之外的零陵太守了。

　　于由頁聽完很受感動，大聲歎息道：「大丈夫不能建功立業爲後人稱頌，又豈能奪別人之所愛，自己尋歡作樂令後人恥笑呢？」

　　於是他立即下令將婉兒送還給戎昱，還寫了封道歉信。

兩片半鏡複又合

代越公房妓嘲徐公主 ——李商隱

笑啼俱不敢，幾欲是吞聲。
遽遣離琴怨，都由半鏡明。
應防啼與笑，微露淺深情。

譯文注釋

你笑哭都不敢，實際是吞聲飲泣。對原來丈夫離別後的記掛，都由這半片鏡子說明了，你應該注意無論是哭是笑，都別流露出你對原來丈夫的深厚情意。

背景故事

隋朝初年，長江以北爲隋朝佔領。陳朝皇帝陳後主，是一個貪圖享樂，十分糊塗的君主。

陳國的太子舍人徐德言，娶了樂昌公主爲妻。徐德言見國家衰弱，大敵就在江北，知道國家危在旦夕，於是憂心忡忡地說：「國家有滅亡的可能，以妳的才貌，國亡之後妳定

會被擄到豪門貴族之家做姬妾。」

樂昌公主哭著說：「那可怎麼辦？」

徐德言十分悲淒地說：「如果真的那樣，我們要準備一個信物，老天會可憐我們，讓我們重新相見的。」

徐將一面銅鏡打碎成兩半，夫妻各藏一半，約定萬一兩人失去聯繫，要在正月十五到大都市賣這半片鏡子，以便互相尋找。

西元589年，隋滅陳，樂昌公主被擄後流落到隋宰相越國公楊素府中。與妻子失散的徐德言，按照當時的規定，於正月十五這一天到大都市上賣鏡，發現一個老頭也在賣半片破鏡，而且索要價格十分昂貴。

徐德言說要買這半片鏡子，便將老頭領到一邊，拿出自己的那半片鏡子一對，發現正是妻子的那半片。於是老頭將樂昌公主的遭遇告訴了他。

徐一聽妻子在宰相家裡為姬妾，知道團圓無望了，心裡非常悲傷。樂昌公主知道後，悲痛萬分。楊素得知此事，立即下令召見徐德言，並讓樂昌公主賦詩。

公主為難地賦詩一首，當場念道：

今日何遷次？新官對舊官。

笑啼俱不放，方信作人難。

此詩的意思是：今天是什麼日子啊！我的新官人（指楊素）對著舊官人（指徐德言），使我哭笑都不敢，這才知道做人實在是太難了。

樂昌公主的這首詩，寫出了她當時那種難堪的處境。

　　在權勢赫赫的楊素面前，詩句稍有不合，她和徐德言就性命難保。可是她在看見自己過去恩愛的丈夫，又怎麼能不悲痛欲泣。此詩寫得委婉，客觀實在地向楊素述說了自己的感受。楊素聽完此詩，居然將她和徐德言放走了。

　　大約在二百年以後，唐代詩人李商隱寫了《代越公房妓嘲徐公主》這首五言詩，雖是以開玩笑的口吻，卻深深流露出對樂昌公主當時處境的同情。

✿ 一詩結姻緣

袍中詩

——開元宮人

沙場征戍客，寒苦若為眠。
戰袍經手作，知落阿誰邊？
蓄意多添線，含情更著綿。
今生已過也，願結來生緣。

譯文注釋

詩意是：在沙場下作戰戍守邊關的將士們，你們既辛苦又寒冷，能睡好嗎？我親手做的這件戰袍，會落在誰的手裡？在縫製它時我特別加了針線，為了對你的情意多添些絲綿。今生是過去了，但願來生結成姻緣。

背景故事

唐玄宗開元年間，大批軍隊駐紮在西北邊塞。皇帝為了表示對守邊將士的恩寵，特命宮女縫製部分衣服賜於邊塞將士。有一位兵士分得一件短袍，他打開折疊的短袍正要穿到

身上，突然，從短袍中掉出一塊手帕大的白絹，上面用工整而雋秀的小字，寫著一首《袍中詩》。

當時的兵士，許多人赴邊時年齡極小，卻得不到朝廷的體恤，一些當官的也不懂得關懷士卒，只顧自己吃喝玩樂，現在，這位兵士在杳無人煙的塞北偶然讀到這首充滿溫暖與深情的詩作，不由得怦然心動，兩行熱淚潸然而下。

然而兵士不敢私留詩絹，報給了統帥；統帥又把它送進宮，呈給皇上。

不久，長安的玄宗皇帝便見到了這首詩，唐玄宗看了並不生氣，而是要人把詩抄成許多份在宮裡傳閱，告訴大家：「誰寫的，不要隱瞞，我絕不怪罪。」不過卻無人承認。

後來玄宗再三申明，絕不加罪於作詩者，只管承認，必有恩賞，這時方有一個宮女站了出來，承認該詩是自己所作。

原來這個宮女十幾歲進宮，如今十幾年過去了，卻從不曾見過皇帝一面。

整日關在深宮，不啻坐牢一般。因此便借縫製戰袍之機，寫一首小詩抒發一下內心的苦悶，沒想到卻被皇帝發現，這時被人帶到皇帝面前，只好跪下說：「臣妾罪該萬死，聽憑聖上處罰！」

皇上很可憐她這一番心思，對她說：「不要『願結身後緣』，讓妳結今生緣好了，你就嫁給那個兵士吧！」玄宗隨即下令：將此宮女嫁給得到詩帕的兵士。然後派人專程將此女送往邊疆，與那位士兵完婚。

那位士兵正當盛年，尚未娶妻，做夢也沒想到會結此良緣，一時感動得流下眼淚，許多將士也爲他高興……不過，當時的駐邊士兵是不可以攜帶家屬的，婚後妻子必將回到丈夫的家鄉去侍奉公婆，因此等待她的仍將是長久的，甚至是永恆的離別……

❀ 悲歡離合總是情

贈婢 ——崔郊

公子王孫逐後塵，綠珠垂淚滴羅巾。
侯門一入深如海，從此蕭郎是路人。

譯文注釋

公子王孫（指自己）跟在你的後面，綠珠（指翠蓮）的淚水滴落在綢巾上。節度使府的大門一進去深似大海，你我是再也見不到了，從此我就像陌生的過路人一樣被你忘掉。

背景故事

唐朝時有個秀才叫崔郊，他的詩寫得很好，也很會寫文章，不過因為家裡太窮了，所以二十多歲還沒成婚。家裡的人雖然為他著急，但也沒什麼好辦法。

有一段時間，崔郊住在自己的姑母家裡。他姑母家有個長相漂亮的婢女，模樣端莊秀美，天資聰穎，還會唱歌跳舞。朝夕相處，二人漸生愛意，可是崔效因為家境貧寒，一

時並不敢有非分的念頭，他知那女子也喜歡自己，也很敬重她的不慕虛榮，想等考中功名，得享富貴榮華的時候，娶女子為妻。

　　崔郊心裡總是牽掛著那個婢女。他發憤讀書，希望自己的夢想能夠早日實現。大考的季節來臨後，崔郊和心愛的女子依依惜別，赴京趕考。

　　崔郊走了以後，他的姑母將那婢女賣給了當地的節度使于由頁，得了錢四十萬，以此來添些家裡的用度。于由頁倒是對那女子非常寵愛，只是那女子時刻惦記著崔郊，生活並不快樂。

　　崔郊知道這件事後，坐臥不安，輾轉不寐，總想著要再見那婢女一面，看她到底過得好不好。他去節度使府署附近守候過好多次，可就是碰不到她，總是滿懷希望而來，滿懷失望而去，崔郊心裡難過極了。

　　轉眼到了清明節，按照習俗，人們都在這天到郊外為先人掃墓，那婢女也來了，兩個人正巧在柳樹下相遇。崔郊看到心上人，心裡非常激動，日夜思念的人就站在柳樹下面，簡直像在夢裡一樣，他的眼淚奪眶而出，那婢女也是淚水漣漣，可是還能說什麼呢？現在她已經是節度使府裡的人，有什麼話也只能嚥到肚子裡了。

　　崔郊回去以後，傷感不已，就寫了這首詩，抒發了自己深切的痛苦。

　　這首詩的內容寫的是自己所愛者被劫奪的悲哀。但由於

詩人的高度概括，便使它突破了個人悲歡離合的侷限，反映了封建社會裡由於門第懸殊所造成的愛情悲劇。詩的寓意頗深，表現手法卻含而不露，怨而不怒，委婉曲折。

「公子王孫逐後塵，綠珠垂淚滴羅巾」，上句用側面烘托的手法，即透過對「公子王孫」爭相追求的描寫突出女子的美貌；下句以「垂淚滴羅巾」的細節表現出女子深沉的痛苦。

公子王孫的行為正是造成女子不幸的根源，然而這一點詩人卻沒有明白說出，只是透過「綠珠」這一典故的運用曲折表達。

綠珠原是西晉富豪石崇的寵妾，傳說她「美而艷，善吹笛」。趙王倫專權時，他的手下孫秀倚仗權勢指名向石崇索取，遭到石崇拒絕。石崇因此被收下獄，綠珠也墜樓身死。用此典故一方面形容女子具有綠珠那樣美麗的容貌，另一方面以綠珠的悲慘遭遇暗示出女子被劫奪的不幸命運。在看似平淡客觀的敘述中巧妙地透露出詩人對公子王孫的不滿，對弱女子的愛憐同情，寫得含蓄委婉，不露痕跡。

「侯門一入深如海，從此蕭郎是路人」，「侯門」指權豪勢要之家。「蕭郎」是詩詞中習慣用語，泛指女子所愛戀的男子，此處是崔郊自謂。這兩句沒有將矛頭明顯指向造成他們分離隔絕的「侯門」，倒好像是說女子一進侯門便視自己為陌路之人了。

但有了上聯的鋪墊，作者真正的諷意當然不難明白，之

所以要這樣寫，一則切合「贈婢」的口吻，便於表達詩人哀怨痛苦的心情，更可以使全詩風格保持和諧一致，突出它含蓄蘊藉的特點。詩人從侯門「深如海」的形象比喻，從「一入」、「從此」兩個關聯詞語所表達的語氣中透露出來的深沉的絕望，比那種直接表露的抒情更哀感動人，也更能激起讀者的同情。

這首詩流傳後，被嫉妒他的人得到，抄了送到于由頁處。于由頁讀後，二話不說，就下令召見崔郊。崔郊提心吊膽地去了于府。于由頁見了他，不動聲色地問道：「那個『侯門一入深如海，從此蕭郎是路人』是你寫的嗎？」

崔郊怯怯地點頭，心裡很害怕。

沒想到于由頁突然笑了起來，他說：「你的詩寫得不錯嘛！不過我的門檻好像沒有那麼深。四十萬錢的小事情，早給我寫封信，把你的事情講明白，不就解決了嗎？」說完，就命令把那婢女找來，送還給崔郊了，據說崔郊結婚時，于由頁還贈送了一大筆嫁妝呢！

心有靈犀一點通

無題
——李商隱

昨夜星辰昨夜風，畫樓西畔桂堂東。
身無彩鳳雙飛翼，心有靈犀一點通。
隔座送鉤春酒暖，分曹射覆蠟燈紅。
嗟余聽鼓應官去，走馬蘭台類轉蓬。

注　釋

- 畫樓：雕梁畫棟的樓。
- 桂堂：香木築建的廳堂。
- 靈犀：犀牛角有白紋感應靈敏，所以犀牛角稱為靈犀，
  比喻心領神會、感情共鳴。
- 送鉤、射覆：都是古時酒宴上的遊戲。前者是傳鉤於某
  人手中藏著讓對方猜，後者是藏物於巾、盂等物下
  讓人猜。
- 分曹：分組。
- 蘭台：指祕書省。李商隱曾三任祕書省校書郎。

譯文注釋

多麼難忘昨夜閃爍的星辰溫馨的風，我們相會在畫樓之西桂堂之東。雖無彩鳳的翅膀比翼雙飛，我們的心像靈犀一樣息息相通。隔著座位傳送藏鉤，春酒多麼溫暖，分組猜謎時，蠟燭燃得像火一樣紅。可歎我要聽辰更的鼓聲前去應差，在蘭台奔走，猶如風中飄旋的蓬草。

背景故事

這是詩人寫自己的無題詩，抒寫了昨夜的一度春風，寓意對意中人（從詩中看，詩人懷想的對象可能是一位富家女子）深切的思戀。

這是一個美好的春夜。詩人站在樓閣上，望著閃爍的繁星，身邊和風徐徐，空氣中充溢著令人沉醉的溫馨氣息，一切彷彿同昨天一樣，在那彩畫高樓的西畔，在那桂木廳堂的東側，和所愛的女子相見的那一幕卻已經成為了親切而難以追尋的記憶。

在那歡樂的宴席上紅燭閃耀，美酒飄香，燭光照在她美麗的臉龐，她同女友們在玩著隔座送鉤、分曹射覆的遊戲，那樣子是多麼地可愛，她的笑聲是多麼地甜美。

詩人從追憶昨夜的宴席中又回到了現境，這裡哪有燈紅酒暖笑語歡聲的熱鬧氣氛？只有微風吹拂，星星眨眼，看著他孤零零的一個人站在這裡苦苦地思戀。今夕的相隔不由引

起了詩人複雜微妙的心理：同心愛的人不能像有雙翼的鳳凰一樣能飛聚在一起，可彼此的心卻像感應靈敏的犀牛角那樣心心相印。

「如此星辰非昨夜，爲誰風露立中宵？」詩人在通宵的追懷思念中，不知不覺晨鼓已經敲響，上班應差的時間就要到了，可歎自己正像飄轉不定的蓬草，又不得不匆匆走馬蘭台（祕書省的別稱，當時詩人李商隱正在祕書省任職），開始那寂寞乏味的公事。

這是一首無題詩，無題是無可命題，或者是內容複雜，題不盡意，或者是涉及隱私，無法明言。李商隱的無題詩大都寫艷情。本詩是一首情詩，表現男女之間相愛相知而又相離相思的複雜微妙感覺。

首聯以曲折的筆墨寫昨夜的歡聚。「昨夜星辰昨夜風」是時間：夜幕低垂，星光閃爍，涼風習習。一個春風沉醉的夜晚，縈繞著寧靜浪漫的溫馨氣息。句中兩個「昨夜」自對，回返往復，語氣舒緩，有迴腸盪氣之概。

「畫樓西畔桂堂東」是地點：精美畫樓的西畔，桂木廳堂的東邊。詩人甚至沒有寫出明確的地點，僅以周圍的環境來烘托。在這樣美妙的時刻、旖旎的環境中發生了什麼故事，詩人只是獨自在心中回味，我們則不由自主的被詩中所展現的風情所打動。

頷聯寫今日的相思。詩人已與意中人分處兩地，「身無彩鳳雙飛翼」寫懷想之切、相思之苦：恨自己身上沒有五彩

鳳凰一樣的雙翅，可以飛到愛人身邊。「心有靈犀一點通」
寫相知之深：彼此的心意卻像靈異的犀牛角一樣，息息相通。

「身無」與「心有」，一外一內，一悲一喜，矛盾而奇
妙地聯結爲一體，痛苦中有甜蜜，寂寞中有期待，相思的苦
惱與心心相印的欣慰融合在一起，將那種深深相愛而又不能
長相廝守的戀人的複雜微妙的心態刻劃得細緻入微、惟妙惟
肖。此聯兩句成爲千古名句。

頸聯「隔座送鉤春酒暖，分曹射覆蠟燈紅」是寫宴會上
的熱鬧。這應該是詩人與佳人都參加過的一個聚會，宴席
上，人們玩著隔座送鉤、分組射覆的遊戲，觥籌交錯，燈紅
酒暖，其樂融融。昨日的歡聲笑語還在耳畔迴響，今日的宴
席或許還在繼續，但已經沒有了詩人的身影，宴席的熱烈襯
托出詩人的寂寥、凄涼。

尾聯「嗟余聽鼓應官去，走馬蘭台類轉蓬」寫人在江湖
身不由己的無奈：可歎我聽到更鼓報曉之聲就要去當差，在
祕書省進進出出，好像蓬草隨風飄舞，這句話應是解釋離開
佳人的原因，同時流露出對所任差事的厭倦，暗含身世飄零
的感慨。

喜極而悲的無奈

江樓感舊
——趙嘏

獨上江樓思渺然，月光如水水如天。
同來望月人何處？風景依稀似去年。

注　釋

- 江樓：江邊樓台。
- 感舊：回憶一段往事而引起感慨。
- 渺然：心裡感到空虛，若有所失的樣子。
- 人何處：指去年與他一道賞月的人不知今天在哪裡。
- 依稀：彷彿。

譯文注釋

　　我一個人登上江邊的高樓，心裡有一種空蕩蕩的感覺，月光照在江面上，如同清澈的流水，放眼望去，江水與天空連成一片。去年一同來賞月的人現在在哪裡？只有眼前的景物彷彿還是去年的樣子。

愛情篇

背景故事

晚唐詩人趙嘏（西元806～854年）字承，山陽（現在江蘇淮安）人，出生於淮城北郊望門大族。他多次進京應試，都沒有及第。在客居長安期間，趙嘏也結識了不少文人墨客，在長安小有名聲。

趙嘏當官之前，家住在潤州（現在江蘇鎮江）。他家裡有一位美貌多情又多才多藝的小妾，趙嘏一向很喜歡她。兩人相親相愛時間久了，家裡人都有些嫉妒。唐武宗會昌三年（西元843年），趙嘏又要到長安應試去了，他嫌在外寂寞，就想要把他最心愛的小妾帶上同行，可是遭到老母親強烈反對。無奈之中，趙嘏只好萬分依戀地同心愛的人分別了。

不料就在他走後，麻煩卻尋到了愛妾的頭上。

七月十五這天，鎮江黃鶴山上的鶴林寺舉行盛會，人山人海，鶯歌燕舞，那場面真是熱鬧極了。趙嘏的愛妾也去觀光遊玩，無意中，漂亮出眾的她被當時鎮守潤州的浙西節度使看到了。她被強行帶到府衙，因為不是甘心情願，又惦記著寵愛她的趙嘏，到了節度使府衙後，她鬱鬱寡歡，終日只是以淚洗面。

為了趙嘏能夠平靜應試，趙嘏的家人封鎖了消息，然而這個消息還是在半年以後傳到了趙嘏的耳朵裡，此時他剛剛考中進士，心裡又是難過，又是氣憤，於是對節度使進行了警告。浙西節度使有些害怕和擔心，他知道自己惹上了麻

煩，本來強摘的瓜就不甜，萬一這個趙嘏和同科的進士們聯合起來告御狀，自己就吃不了兜著走，何況，趙嘏是個前途無量的年輕人，哪天官做大了，甚至做了自己的上司怎麼辦呢？自己犯不著爲了一個女子而斷送前程啊！

思前想後，他決定把趙嘏的小妾給放了。於是派人小心護送，送到長安歸還原主。行路至潼關時，正好碰到了要東歸省親的趙嘏。

趙嘏和愛妾一見之下，悲喜交加，兩人跪伏在地上抱頭痛哭。因爲身體衰弱和極度傷感，激動之下，趙嘏的愛妾一口氣上不來，竟然死了。趙嘏不勝悲痛，將她安葬在橫水北岸，獨自含淚回到故鄉。

在一個月光如水的晚上，趙嘏久久無法入睡。他披衣下床，信步走到長江邊，邁上高樓，眼望月色皎潔，不由回顧起多年以前他與愛妾一同望月的情景，如今，美人已逝，昔日的恩愛將不再來。他傷感了好久，才鎮定情緒，吟詠出了這首含蓄幽美而又感人肺腑的七絕，以之來表達故人不見的悵惘和追思。

詩中「獨上」，透露出詩人寂寞的心境；「思渺然」三字，又使人彷彿見到他那凝神沉思的情態。這就啟發讀者，詩人在夜闌人靜的此刻究竟「思」著什麼呢？對這個問題，詩人並不急於回答，第二句故意將筆蕩開去從容寫景，進一層點染「思渺然」的環境氣氛。

登上江樓，放眼望去，但見清澈如水的月光，傾瀉在波

光蕩漾的江面上，因爲江水是流動的，月光就更顯得在熠熠閃動。「月光如水」，波柔色淺，宛若有聲，靜中見動，動愈襯靜。詩人由月而望到水，只見月影倒映，恍惚覺得幽深的蒼穹在腳下浮湧，意境顯得格外幽美恬靜。整個世界連同詩人的心，好像都融化在無邊的迷茫恬靜的月色水光之中。這一句，詩人巧妙地運用了疊字回返的技巧，一筆包蘊了天地間景物，將江樓夜景寫得那麼清麗絕俗。

這樣迷人的景色，一定使人盡情陶醉了吧？然而，詩人卻道出了一聲聲低沉的感喟：「同來望月人何處？風景依稀似去年。」「同來」與第一句「獨上」相應，巧妙地暗示了今昔不同的情懷。原來詩人是舊地重遊。去年也是這樣的良夜，詩人結侶來遊，憑欄倚肩，共賞江天明月，那是怎樣地歡快！曾幾何時，人事蹉跎，昔日伴侶無處可覓，而詩人卻又輾轉隻身來到江樓。面對依稀可辨的景物，縷縷懷念和悵惘之情，正無聲地嚙齧著詩人孤獨的心。

讀到這裡，才豁然開朗，感受到篇首「思渺然」的深遠意蘊，詩人江樓感舊的旨意也就十分清楚了。這首詩寫得深情、纏綿，意境幽雅脫俗，深得後人的喜愛。

十年相思成枉然

歎花 ——杜牧

自是尋春去較遲，不須惆悵怨芳時。
狂風落盡深紅色，綠葉成蔭子滿枝。

譯文注釋

怨恨自己尋覓鮮花來得太遲了，前些年我曾經來過這裡，當時她含苞未放，如今經過時間的風雨已經凋零落地，花謝後綠葉成蔭，果實已經結滿枝頭。

背景故事

大和末年（西元835年），沈傳師為江西觀察使，後來轉為宣歙觀察使，杜牧是他的幕僚。杜牧性格疏放，為人風流，在洪州、宣州遊賞時，始終沒有碰到令他屬意的女子。聽說湖州是江南的大郡，風景人物都艷麗美好，所以就抱了很大的希望來探勝。當時的湖州刺史久仰杜牧大名，經常為他設宴，領他到處遊賞。偶爾有些絕色的優姬倡女，也找來

給杜牧瞧瞧。杜牧總說：「這些女子美麗是美麗，但還不夠盡善。」可見他的審美標準是夠高的。

有一次，杜牧一個人到郊外遊玩，遇到一個老婦人帶著一位小女孩過來，那女孩不足十歲。杜牧注目細看，認為是人間少有的國色，在他看來，與此女孩相比，以前那些美女不過是虛設罷了。他怕錯過一段良緣，就急忙派人追了去。很誠懇地和那老婦人說，想把少女接過來。

聽了這話，母女二人感到很害怕，母親很驚恐地說：「對不起大人，我家的女孩實在太小了，您一定會失望的。」杜牧說：「我暫時也沒有那個意思，可以相約以後呀！」

於是就約好了十年的期限，等到杜牧來這裡做守郡時，就商量迎娶之事。老婦人答應了，還接受了杜牧許多禮錢，雙方寫了盟約。

後來，杜牧先後做過黃州刺史和池州刺史、睦州刺史。但他一直惦記著與小女孩的盟約。

再後來，杜牧終於找機會到了江南。大中三年時，杜牧出任湖州刺史，可是距離他和那女子立約之時，已經十四年了。他找到了原來的那家母女，可是以前相約要娶的女子已經嫁人三年，生了三個孩子。老夫人指責杜牧不守諾言，杜牧懷著無限的後悔和惆悵的心情，作了這首詩。

全詩圍繞「歎」字著筆。前兩句是自歎自解，抒寫自己尋春賞花去遲了，以致於春盡花謝，錯失了美好的時機。首句的「春」猶下句的「芳」，指花。而開頭一個「自」字富

有感情色彩，把詩人那種自怨自艾、懊悔莫及的心情充分表達出來了。

第二句寫自解，表示對春暮花謝不用惆悵，也不必怨嗟。詩人明明在惆悵怨嗟，卻偏說「不須惆悵」，明明是痛惜懊喪已極，卻偏要自寬自慰，這在寫法上是騰挪跌宕，在語意上是翻進一層，越發顯出詩人惆悵失意之深，同時也流露出一種無可奈何、懊惱至極的情緒。

後兩句寫自然界的風風雨雨使鮮花凋零，紅芳褪盡，綠葉成蔭，結子滿枝，果實累累，春天已經過去了。似乎只是純客觀地寫花樹的自然變化，其實蘊含著詩人深深惋惜的感情。

這個傳說不一定可靠，但這首詩是以歎花來寄託男女之情，大致可以肯定。它表現的是詩人在浪漫生活不如意時的一種惆悵懊喪之情。

用自然界的花開花謝，綠樹成蔭子滿枝，來暗喻少女的妙齡已過，結婚生子。但這種比喻不是直接表露、生硬的，而是若即若離、委婉含蓄的。即使不知道與此詩有關的故事，只把它當作別無寄託的詠物詩，也應視之為一首很出色的作品。

🌀 紅葉聯姻

題紅葉
——韓氏

流水何太急，深宮盡日閒。
殷勤謝紅葉，好去到人間。

譯文注釋

流水啊！你為何流得這樣急。在這深邃的皇宮裡整天都是孤寂愁悶。希望這片紅葉能把我的詩歌和寂寞一起帶到人間去吧！

背景故事

在封建時代，每一代皇帝都要從民間強選大量的美麗少女入宮。這些少女除了極少數可能得到皇帝的寵愛外，絕大部分連皇帝的面也不容易見到。

根據當時的規矩，女子入宮後永遠不能出宮，而是一輩子在宮中侍候皇帝和妃子們，或者唱歌跳舞，或者做著灑掃刺繡等辛苦的勞役。

宣宗時，詩人盧渥到長安應舉，偶然到了皇宮旁邊，在禦溝裡看到一片紅葉，葉上就寫著這首詩。

它寫的是一個失去自由、失去幸福的人對自由、對幸福的嚮往。詩的前兩句「流水何太急，深宮盡日閒」，妙在只責問流水太急，訴說深宮太閒，並不明寫怨情，而怨情自見。

一個少女長期被幽閉在深宮之中，有時會有流年如水、光陰易逝、青春虛度、紅顏暗老之恨，有時也會有深宮無事、歲月難遣、閒愁似海、度日如年之苦。這兩句詩，以流水之急與深宮之閒形成對比，就不著痕跡、若即若離地托出了這種看似矛盾而又交織為一的雙重苦恨。

詩的後兩句「殷勤謝紅葉，好去到人間」，運筆更委婉含蓄。它妙在曲折傳意，托物寄情，不從正面寫自己的處境和心情，不直說自己久與人間隔離和渴望回到人間，而用折射手法，從側面下筆，只對一片隨波而去的紅葉致以殷勤地祝告。這裡，題詩人對身受幽囚的憤懣、對自由生活的憧憬以及她衝破樊籠的強烈意願，可以不言而喻了。

盧渥好奇，就把它從水裡撈出來，仔細讀了，他既喜歡此詩句有新意，又想到從皇宮裡流出來的，一定是一位有才學的宮女寫的，不禁有了一種微妙的情意。後來把它拿回去，收藏在自己的巾箱裡面，有時還翻出來給朋友們看看。當然有的朋友覺得這件事很好笑，但有的也被他這片心意所感動。

後來，唐宣宗將宮裡的宮人向外遣出了一部分，還下詔

宮人們可以跟從百官司吏。盧渥後來在范陽當官，得到了一個被放出來的韓姓宮女。

　　有一天，韓氏收拾東西的時候，看到了箱底的這片紅葉，歎息道：「當時偶然題詩紅葉上，任它隨水流去了，卻料不到就被收藏到這裡。」盧渥也感到很驚訝，原來韓氏就是題寫紅葉的人。她那時被幽閉在深宮裡時，哪裡能想到，當年的一時即興之作會被人精心收藏，妥善保存。而這個人，恰恰又成了她的丈夫。這件事真是奇妙，令人驚歎不已。

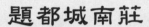# 人面桃花紅

愛情篇

題都城南莊
— 崔護

去年今日此門中，人面桃花相映紅。
人面不知何處去，桃花依舊笑春風。

注　釋

・人面：指一位姑娘的臉。下一句「人面」代指姑娘。
・笑：形容桃花盛開的樣子。

譯文注釋

　　去年的今日在這院門裡，姑娘美麗的臉龐和緋紅的桃花相互映襯。如今姑娘不知到哪裡去了，只有桃花依舊在春風中盛開。

背景故事

　　崔護，字殷功，他是博陵（今河北省定縣）人，天資聰慧，一表人才，年輕的時候就考取了進士，但是他生性孤

傲，不喜歡和人來往。

　　唐代貞元年間，崔護住在長安，一連參加幾次科舉考試，都沒有考中，心裡很不痛快。

　　這年清明節，他獨自一人到城南去散散心。這天天氣晴朗，春意融融，芳菲滿眼。他不知不覺進了一個村子看到一個一畝方圓的庭院。院子裡花草蔥郁，鳥的鳴叫顯得環境更加幽靜，彷彿沒有人居住在這裡一樣。

　　崔護有些好奇，走上前敲了半天的門，始終無人應答。等他快要離開時，門才開了一條縫，一位少女在門縫中向外觀望，一面問道：「是誰呀？」

　　崔護趕忙應聲答道：「博陵人崔護尋春路過此地，口渴難耐，相煩姐姐給些水喝。」

　　少女覺得門外的少年公子彬彬有禮，就答應了。她順手把門打開，帶崔護進去喝水。崔護進到院中，院子裡桃花簇簇，非常好看。

　　那少女把水端來，含笑看著他喝下去。崔護喝完水，抬眼望去，只見斜倚在桃樹旁的少女望著自己，她的小臉在桃花的映襯下顯得非常可愛動人，好像對他有所傾慕的樣子。

　　崔護心中有些觸動，兩人四目相視，沒有說什麼話，但是好像心靈相通一樣。就這樣過了很長時間，崔護起身告辭，少女送他到門口，好像不能承受離別似的，但是始終沒有說什麼，就怏怏地入門去了。

　　崔護也是顧盼不已，眷眷難捨，後來只好惆悵地離去

了。這女子給他印象非常好，也非常深刻。他常常回憶起那個美麗的女子和那一院子的桃花。

第二年清明節，又是桃花盛開的時候，崔護帶著去年美好的回憶，很激動地直奔城南而去，循著舊跡，來到當年那個院子，只見門戶還是去年的樣子，但上著鎖，他想念的女子不知哪裡去了。

桃花依舊盛開，茂盛的枝葉甚至伸到圍牆外面來了，可是哪裡還有可愛的少女呢？崔護不免失望萬分，他無法克制內心的情感，於是在門上題了這首《題都城南莊》詩。

四句詩包含著一前一後兩個場景相同、相互映照的場面。第一個場面：尋春遇艷──「去年今日此門中，人面桃花相映紅。」

如果我們真的相信有那麼一回事，就應該承認詩人確實抓住了「尋春遇艷」整個過程中最美麗動人的一幕。「人面桃花相映紅」，不僅爲艷若桃花的「人面」安排了美好的背景，襯出了少女光彩照人的面影，而且含蓄地表現出詩人目注神馳、情搖意奪的情狀，和雙方脈脈含情、未通言語的情景。透過這最動人的一幕，可以激發起讀者對前後情事的許多美麗想像。

第二個場面：重尋不遇。還是春光爛漫、百花吐艷的季節，還是花木扶疏、桃柯掩映的門戶，然而，使這一切都增光添彩的「人面」卻不知何處去，只剩下門前一樹桃花仍舊在春風中凝情含笑。

桃花在春風中含笑的聯想，本從「人面桃花相映紅」得來。去年今日，佇立桃花樹下的那位不期而遇的少女，想必是凝睇含笑，脈脈含情的；而今，人面杳然，依舊含笑的桃花除了引動對往事的美好回憶和好景不常的感慨以外，還能有什麼呢？「依舊」二字，正含有無限悵惘。

整首詩其實就是用「人面」、「桃花」作爲貫串線索，透過「去年」和「今日」同時同地同景而「人不同」的映照對比，把詩人因這兩次不同的遇合而產生的感慨，回返往復、曲折盡致地表達了出來。

對比映照，在這首詩中起著極重要的作用。因爲是在回憶中寫已經失去的美好事物，所以回憶便顯得特別珍貴、美好，充滿感情，這才有「人面桃花相映紅」的傳神描繪。

正因爲有那樣美好的記憶，才特別感到失去美好事物的悵惘，因而有「人面不知何處去，桃花依舊笑春風」的感慨。

過了些日子，他放心不下，又來看看，聽到門內有哭泣的聲音，非常激動和驚訝，於是鼓起勇氣敲門問詢。只見一位老者蹣跚而至，問道：「相公您是崔護嗎？」

崔護吃了一驚，回答：「是啊！」

老者哭著說：「就是您殺了我的女兒啊！」

崔護聽了，丈二和尚摸不著頭腦，只聽老者哭哭啼啼地解釋道：「我女兒才十五歲，她知書達禮，尚未許配於人。自從去年以來，經常精神恍惚，若有所失。前不久我和她出門去了，回來看見門上有字，那就是您寫的詩啊！讀完詩小

女就病了，終日茶飯不思，剛剛去世了⋯⋯。」

崔護十分難過，請求讓他進屋去看看，老人答應了。崔護看見那女子還在床上，就流著淚哭道：「你看看，我在這兒，我在這兒呀！」一會兒，竟出現了奇蹟：那女子睜開眼睛，又復活了。

老人欣喜若狂，就把女兒嫁給了崔護。這對年輕夫婦，日子過得很幸福，崔護也考中了進士，後來當了嶺南節度使。

🎴 一代紅顏為君盡的碧玉

綠珠篇
——喬知之

石家金谷重新聲，明珠十斛買娉婷。
此日可憐君自許，此時可喜得人情。
君家閨閣不曾關，常將歌舞借人看。
意氣雄豪非分理，驕矜勢力橫相干。
辭君去君終不忍，徒勞掩袂傷鉛粉。
百年離別在高樓，一代紅顏為君盡。

譯文注釋

石崇家的金谷園裡看重新奇的歌舞，花十斛珍珠買來了美麗的綠珠。過去你說我那麼可愛，歌舞博得了你多少青睞，你家（用碧玉口氣說喬知之家）的閨房並沒有關起來，家內眷屬們的歌舞常讓外人也欣賞，你這樣意氣雄豪太過分了，惹得那嬌橫強暴的勢力來干預。被強逼著和您分別多麼痛苦，掩面哭泣又有什麼用處。在高樓上和你永別了，這出眾的紅顏為你離開了人間。

武則天執政時期,洛陽城中有一個低階級的官員叫喬知之。他家中有一個寵婢名叫碧玉,她不僅長得很美麗,而且能歌善舞,擅長女紅和詩文,性格又很溫柔體貼,所以喬知之十分寵愛她,決定將來娶她做妻子,而碧玉也很鍾情於他,願意以身相許。

喬知之是當時吏部的左補闕,屬正五品官員,按照當時的禮制和習慣,家中尚不具備設置歌舞姬的資格,因此,碧玉在喬家多以自家人的身分對外應酬。

當時碧玉正值二八妙齡,她容貌秀麗、清雅脫俗、歌喉婉轉、舞姿飄逸,因而被主人喬知之視為掌上明珠。家中若有貴客佳賓,總會讓碧玉出來歌舞助興,她的容貌和演技常常博得滿堂的讚賞。於是,碧玉的艷名也就不脛而走,傳遍了洛陽城。

然而,好景不長,「喬家艷婢,美慧無雙」的消息傳到了武承嗣的耳中。武承嗣是武則天的親姪兒,是當時朝中的紅人,他生性好色,又恃寵生驕、飛揚跋扈、不可一世,卻深受武則天的賞識,被封為魏王,一度甚至還想要立他為太子。

這樣一個能夠自由出入內宮,視千嬌百媚、錦衣玉食的貴族女子如玩物的花花公子,一聽說喬家有艷女,便生出好奇之心,決心要把碧玉據為己有,他以請碧玉到他府中教內

眷梳妝爲藉口，將她騙到自己府中，就再也沒有放出來。

　　心愛的人被奪走，但是自己卻回天無力，喬知之悲憤成疾，寫了這首《綠珠篇》。

　　詩共十二句，分三段，四句一意。

　　首四句懷念以往的情形，敘述綠珠初進石家並備受石崇的憐愛。石崇爲東晉豪富，金谷園是其私家苑囿，其中蓄養了很多歌伎舞女，因爲金谷園主人石崇「重新聲」，故以「明珠十斛買娉婷」。娉婷，原指女子體態優美，這裡代指綠珠。

　　「此日可憐君自許，此時可喜得人情。」「此日」、「此時」，都是指綠珠初入金谷園；「可憐」，即可愛；「得人情」，得到憐愛，指受到石崇的寵愛。

　　次四句指出綠珠悲劇命運的根本原因：「君家閨閣不曾關，常將歌舞借人看。意氣雄豪非分理，驕矜勢力橫相干。」東晉士大夫不喜歡金屋藏嬌，反而喜好鬥富擺排場，常以家伎侑酒勸客，正所謂「不曾關」、「借人看」。

　　「意氣雄豪」、「驕矜勢力」，明指孫秀，暗射武承嗣，他們驕縱跋扈，爲所欲爲，蠻橫霸道，強行奪人所愛，毀滅了綠珠與石崇的愛情並奪去綠珠生命。最後四句，緊承前詩，敘寫綠珠的慘死。

　　「百年離別」，指永別，「高樓」，暗示綠珠跳樓身亡的悲劇結局。這一段雖是直陳其事，但語言中充滿悲憤。詩全寫古人古事，無一句涉及己事，但由於遭遇相似，「所以

讀來又字字句句不離己事，讀起來讓人感慨萬千。」

　　這首詩，以碧玉的口吻述說西晉時綠珠為報石崇知遇之恩，不惜墜樓明志的故事。綠珠是石崇用三斛珍珠買來的美女，住在金谷園中。她能歌善舞，極得石崇喜愛。

　　當時朝廷中趙王司馬倫執政，他的親信孫秀與石崇有仇，仗勢向石崇要綠珠，石崇不願意，孫秀就唆使司馬倫派兵搜捕石崇全家。

　　人馬行到石崇家門口時，石崇對綠珠說：「為了妳，我今天滿門都要被抄了。」

　　綠珠哭著說：「我情願死在您面前，來報答您的恩德。」說完，綠珠墜樓而死，石崇後來也被斬了。

　　喬知之的《綠珠篇》是語意雙關的，他表面上寫綠珠事蹟，實際上是仿照碧玉的口吻寫他們的相處和離別，詩裡用女子的口氣說，過去的歌舞曾博得過您多少寵愛，但因為閨房並沒有關起來，這樣的意氣雄豪實在太過分了，才引來了驕橫和強暴的勢力，也招來了災難。分別是痛苦的，我們就在高樓上永別吧！

　　為了您，香消玉殞也是應當。對於喬知之來說，可能表達的是一種悔恨，因為他已經意識到是自己的意氣雄豪招來了災難，但是對於碧玉，無疑卻是一種暗示。

　　喬知之做完詩後，千方百計送到了碧玉手中，碧玉接到詩，不禁想起了在喬家時的處境，想起喬知之對她的深情厚意，她悲痛萬分，哭泣三日，滴水未進，後來將詩繫在到裙

帶上，投井而亡。

　　武承嗣令人撈出屍體，發現了裙帶上的詩，大怒，後來就叫人捏造罪名，把喬知之殺了。

割不斷的不了情

息夫人

——王維

莫以今時寵，能忘舊日恩。
看花滿眼淚，不共楚王言。

 譯文注釋

今天雖然受到寵愛，可是我忘不了過去的夫妻情，看著滿眼的花天酒地更是悲傷，所以不願同楚王說話。

背景故事

息夫人是春秋時期息國君主的夫人。西元前680年，楚王滅了息國，霸佔了她。息夫人到了楚國，雖然生了兩個孩子，卻從來不與楚王說話。楚王強迫她說出原因。她說：「我的祖國都滅亡了，我活著也是多餘，心早就死了，還有什麼好說的呢！」

這首詩彷彿是息夫人的內心獨白，雖然楚王很寵愛她，卻收買不了她的心，只是反襯了舊日恩情的珍貴和難忘而

已。榮華富貴征服不了息夫人高傲的靈魂，楚宮裡美麗的花朵也只能使她落淚，息夫人堅決不和強暴的君主說一句話，只用沉默來做堅決地反抗。這個無言的形象，在藝術上自然有它的動人之處。但王維寫這首詩，並不單純是歌詠歷史，而是為了成就一段姻緣。

王維在年輕的時候，作為清客的身分，經常出入一些達官貴人的家中，用自己的文學才華為他們助興。其中尤其和公主、寧王、薛王交往較多。

有一次，他來到玄宗的哥哥寧王李憲家。李憲和唐朝的許多貴族一樣，生活驕奢淫逸，在社會上橫行霸道。欺壓百姓，強佔強娶，所以家裡蓄養著許多美貌的姬妾。

有一天，寧王府彩燈高掛，樂聲悠揚，美酒飄香，僕人們正在準備筵席。李憲吩咐寵愛的歌女們出來，展現各自的才藝和美貌。

果然李憲家的寵妓又與別處不同，她們個個堪稱絕色，但其中最漂亮的一位表情冷冷的，似乎有什麼心事。

原來，這是寧王去年娶的小妾，寧王非常喜歡和寵愛她。而她原本是一位做餅師傅的妻子，後來被寧王霸佔，所以進了寧王府之後，雖然錦衣玉食，但總是愁眉不展，似乎一直就沒有笑過。

寧王溫和地對這位美貌女子說：「妳進王府已經一年了，我今天特地為妳大擺酒席，請賓客們來慶賀一番，妳高興嗎？」這女子一臉憂傷，聽了寧王的話，眼淚禁不住撲簌

籤掉了下來。他理解她的心事,知道她不愛榮華富貴,仍然想著自己做餅的丈夫。

為了討她的歡心,也為了顯示自己的「雅量」,寧王當即下令叫那個燒餅師傅前來赴宴。過了一會兒,燒餅師傅戰戰兢兢地來了。

這女子見到自己的前夫,不禁淚流滿面,就像春雨打在梨花上。在場的許多賓客都收起了笑容,感到驚奇。寧王自以為把她的前夫叫來赴宴是自己的大度,於是他請在座的文人雅士作詩助興。王維見此情景,揮筆寫就一首《息夫人》

詩中「莫以今時寵,能忘舊日恩」,是說不要以為你今天的寵愛,就能使我忘掉舊日的恩情。這像是息夫人內心的獨白,又像是詩人有意要以這種弱小者的心聲,使那些強暴貪婪的統治者喪氣。

「莫以」、「能忘」,構成一個否定的條件句,以新寵並不足以收買息夫人的心,反襯了舊恩的珍貴難忘,顯示了淫威和富貴並不能徹底征服弱小者的靈魂。

「看花滿眼淚,不共楚王言。」舊恩難忘,而新寵實際上是一種侮辱。息夫人在富麗華美的楚宮裡,看著本來使人愉悅的花朵,卻是滿眼淚水,對追隨在她身邊的楚王始終不說一句。

由於這一句只點出精神的極度痛苦,並且在沉默中極力地自我克制著,卻沒有交代流淚的原因,就為後一句蓄了勢。「不共楚王言」,是在寫她「滿眼淚」之後,這個「無

言」的形象，就顯得格外深沉。這沉默中包含著人格的汙損，精神的創痛，也許還有由此而蓄積在心底的怨憤和仇恨。詩人塑造了一個受著屈辱，但在沉默中反抗的婦女形象。

滿座賓客聽了王維的詩都連稱「好詩，好詩」，只有寧王臉上火辣辣的，這時他才明白，搶人容易而要得人心實在是很難很難啊！

於是，他無可奈何地叫燒餅師傅把妻子領了回去。舊伴侶終於團圓了，話說回來，王維的詩還真立了大功。

道是無晴還有晴

竹枝詞二首（其一） ——劉禹錫

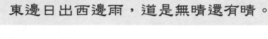

楊柳青青江水平，聞郎江上唱歌聲。
東邊日出西邊雨，道是無晴還有晴。

譯文注釋

江邊的楊柳，垂拂青條，江中的水面，平靜如鏡，姑娘
忽然聽到江上傳來的歌聲，這歌聲是那麼的熟悉，為什麼他
不直接對我表白呢？這個人啊！就像晴雨不定的天氣，說是
東邊出太陽了西邊還在下雨，說不是晴天嘛！可還有晴天，
真是讓人捉摸不定。

背景故事

竹枝詞是巴渝（今四川省東部重慶市一帶）民歌中的一
種。唱時，以笛、鼓伴奏，同時起舞。聲調宛轉動人。

詩的第一句寫景，是詩中女主人翁眼前所見。江邊楊
柳，垂拂青條；江中流水，平如鏡面。這是很美好的環境。

第二句寫她耳中所聞。在這樣動人情思的環境中，她忽然聽到了江邊傳來的歌聲。那是多麼熟悉的聲音啊！一飄到耳裡，就知道是誰唱的了。

第三、四句接寫她聽到這熟悉的歌聲之後的心理感受。姑娘雖然早在心裡愛上了這個小夥子，但對方還沒有什麼表示哩！

今天，他從江邊走了過來，而且邊走邊唱，似乎是對自己多少有些意思。這，給了她很大的安慰和鼓舞，因此她就想到：這個人啊！倒是有點像黃梅時節晴雨不定的天氣，說它是晴天嘛！西邊還下著雨，說它是雨天嘛！東邊又還出著太陽，可真有點捉摸不定了。這裡晴雨的「晴」，是用來暗指感情的「情」，「道是無晴還有晴」，也就是「道是無情還有情」。

透過這兩句極其形象又極其樸素的詩，她的迷惘，她的眷戀，她的忐忑不安，她的希望和等待便都刻劃出來了。

❦ 一詩挽回夢中人

寫真寄夫 ——薛媛

> 欲下丹青筆，先拈寶鏡寒。
> 已驚顏索寞，漸覺鬢凋殘。
> 淚眼描將易，愁腸寫出難。
> 恐君渾忘卻，時展畫圖看。

注　釋

- 寫真：畫人像。
- 丹青筆：畫筆。
- 索寞：憔悴。

譯文注釋

　　我提起筆來想畫一畫自己的容顏，但一照鏡子卻不由得手冷心寒。往日那如花的美貌已經憔悴，兩鬢的青絲也逐漸凋殘。畫一畫相思的淚眼倒還容易，但要描繪出我內心的愁腸確實很難。唯恐我心愛的你會把我渾然忘卻，請你時常打開我的畫像看一看。

晚唐時期，濠梁（現在安徽鳳陽縣）人南楚材在潁州（都在河南許昌一帶）漫遊。

日子久了，那裡的人都熟識他了。潁州太守也很喜歡他，多次交往以後，因為敬慕楚材的儀表風範，便想把女兒許給他做妻子。

雖說楚材家裡已經有了妻子，但因受到潁州太守的知遇之恩，再加上傾慕太守家的財勢，就暫時忘記了夫妻的情義，答應了這門親事。

另立新家的主意打定後，他打發身邊的家僕回家去取琴和書，意思是可能不會再回舊家了。他還讓人捎信告訴妻子，說自己要去蜀中的青城山求道，或者去南嶽衡山訪僧，總之理由有許多，表明自己已經對仕途功名不感興趣了，對家庭也不留戀了。

南楚材的妻子薛媛擅長書畫，而且能詩善文。她很聰明，自己的丈夫自己怎麼能不瞭解呢？既然是求道或訪僧，那就沒有必要把琴和書帶走。

她心裡已經多少知道點丈夫的心意，但並沒有說什麼，只是對著鏡子畫了自己的形象，連同新題的幾句詩一塊交給了來拿東西的僕人。這就是上面的《寫真寄夫》。

這首詩表達了詩人對遠離久別丈夫的真摯感情，隱約透露了她憂慮丈夫「別依絲蘿」的苦衷。刻劃內心感受既細緻

入微，又具體形象：時而喃喃自語，時而如泣如訴，詩情畫意，躍然紙上。

詩一開頭，就透過手的動作來展現內心感受。她提起「丹青」畫筆，正想下筆作畫。然而，她猶疑起來。怎麼畫呢？還是「先拈寶鏡」，照照容顏吧！可是一「拈寶鏡」，卻給她帶來一股「寒」意。「寶鏡」為什麼「寒」？是冰涼的鏡面給人一種「寒」的感覺呢？還是詩人的心境寒涼呢？一個「寒」字，既狀物情，又發人意。

頷聯進一步寫詩人對鏡自憐：她心中已自感玉容憔悴，而今細細端詳，發覺鬢髮也開始有點稀疏了。「驚」是因為「顏索寞」而引起的心理感受。

「已驚」表明平素已有所感觸，而今日照鏡，更驚覺青春易逝。「顏索寞」，明顯易見；「鬢凋殘」細微難察，用「漸覺」一語，十分確當寫出她愈來愈苦這一心理狀態。

「淚眼描將易，愁腸寫出難。」「淚眼」代指詩人的肖像，「愁腸」指心靈的痛苦。一「易」一「難」，互為映襯。這裡用欲抑先揚的手法，在矛盾對比中，刻劃懷念丈夫的深情。

尾聯點出寫真寄夫的目的。詩人辭懇意切地叮囑丈夫：想你大概把我完全忘光了吧！送上這張畫，讓你時時看看我。「恐」，猜想，是詩人估量丈夫時的心理狀態。

一「恐」一「渾」，準確地描繪出自己微妙的感情活動。本來，僕人回家取琴書等物時，詩人察覺丈夫已有「別

依絲蘿」、把糟糠之情全「忘卻」的意向。但她在詩中卻避免了作正面的肯定，而用了估量、猜測的口吻，這就不致傷害丈夫的自尊心，而且給他留下回心轉意的餘地。

一「恐」字，把詩人既疑慮又體諒丈夫的感情，委婉曲折地吐露出來，可謂用心良苦。末句，直陳胸臆，正面規勸丈夫：「時展畫圖看」，遙應首句，語短情長。

此詩對人物的神態動作描寫和內心感受的刻劃是很出色的。它也從側面透露出封建時代婦女的不幸和痛苦。

南楚材收到妻子的畫像與詩之後，覺得很慚愧，意識到自己太不像話了。於是就向穎州太守說明了情況，很堅決地推辭掉了這門顯親。後來南楚材回到了家，夫妻恩愛如初，他們相敬相愛，白頭偕老。

⚛ 永恆的思念

無題

——李商隱

相見時難別亦難，東風無力百花殘。
春蠶到死絲方盡，蠟炬成灰淚始乾。
曉鏡但愁雲鬢改，夜吟應覺月光寒。
蓬山此去無多路，青鳥殷勤為探看。

注 釋

• 青鳥：傳說西王母有三青鳥為使者。西王母會漢武帝
　　時，青鳥先往報信。後來青鳥即作為信使的代稱。

譯文注釋

　　相見的機會多麼難得，離別時的心情更加難堪，東風柔
弱無力，更值這暮春時節百花凋殘。春蠶到生命的終結才把
絲吐盡，蠟燭化為灰燼才宣告淚已流乾。早晨對鏡梳妝只怕
你清深的秀髮色澤改變，夜晚苦吟懷人的詩篇你應感到月光
灑下的涼寒。此地離蓬山的路途並不遙遠，希望傳信的青鳥

為我殷勤地打探。

背景故事

西元八三四年，李商隱因為生病，沒有參加進士科考試，便隨著他的重表叔崔戎來到兗州（今山東兗州西）。崔戎是兗州觀察使，李商隱便在他手下供職。

這一年春天，李商隱赴兗州前，曾到過東都洛陽。一個偶然的機會，二十三歲的李商隱和一個名叫柳枝的姑娘相識。柳枝是商人的女兒，當時才十七歲。她的父親出門經商時，遇到風浪，死於湖上，她變成孤女。柳枝容顏美麗，性情活潑，而且喜歡吹笛，聲音婉轉動人。

李商隱的堂弟叫讓山，與柳枝是鄰居。一次，讓山在柳枝家南邊的柳樹下，正在搖頭晃腦地朗誦李商隱的愛情詩《燕台》四首。優美的詩篇立即感動了柳枝。

她驚詫地問：「這詩是誰寫的？」

讓山回答說：「是我的堂哥李商隱。」柳枝一聽大喜，就拉斷長帶作了一個結，托讓山轉贈，並向李商隱索要詩作。

第二天，李商隱便和她相見了。兩人一見，談得很投機。柳枝不但活潑聰明，而且對詩歌有濃厚的興趣，李商隱一下子便喜歡上了她，兩人產生了愛情。

後來，李商隱的朋友故意開玩笑，把他的行裝悄悄隨身帶走，他只得離開洛陽。

不久，不幸的事發生了。柳枝被貴人奪取做妾，讓山把

這個消息告訴了李商隱。李商隱悲痛萬分，滿腔相思深深地折磨著他。

一直到晚年追憶往事時，詩人無可奈何，為了表達對柳枝的思念，於是寫了這首《無題》詩。

開篇風波陡起，驚心動魄地道出「相見時難別亦難」，給人以強烈的無法抑制之感。往日望穿秋水的相思，今日離別的難捨難分，明日海角天涯的悽惶，都濃縮在這短短的詩句裡。詩人截取了一個獨特的角度，容量極大。

「東風無力百花殘」，離別之際又逢落花時，傷心人對傷心景，暮春的東風無力、百花凋零與詩人心中的離情別恨交織在一起，觸景傷情，情景互動，情景交融。首聯以傷感的色調描繪了一幅暮春送別圖。

頷聯是詩人的愛情宣言：春蠶吐絲作繭，繭成蠶死絲方盡；蠟炬燃燒自己，照亮世界，化為灰燼，燭淚始乾。以蠶絲象徵相思，以燭淚象徵相思痛苦之淚，語意雙關，意象鮮明。相思無窮無盡，分離的淒苦無窮無盡，愛到嘔心瀝血、至死方休而無怨無悔，這樣的愛情真可謂「驚天地，泣鬼神」。

「春蠶到死絲方盡，蠟炬成灰淚始乾」，可以言情，可以喻志，人們也常用它來表現忠貞不二的執者無私奉獻、勇於獻身的崇高精神，影響非常深遠。

「曉鏡但愁雲鬢改，夜吟應覺月光寒」是猜想相愛的雙方在生活中的情態：女人晨起梳妝，很擔心鏡中的人兒鬢邊

的頭髮變白，歲月流逝、青春不再，女爲悅己者容，女人因愛而擔憂。

男人在清涼如水的月光下吟歎，靜謐的夜風拂來幽幽寒意；「夜吟」是因爲苦苦相思，難以入眠，借吟詩以遣懷，但置身春夜，良辰美景卻無佳人相伴，又更增添了淒清與孤寂。「改」與「寒」都來自當事人的心境，「但愁」「應覺」是猜測之詞，蘊含著脈脈情懷，表現出一種擔心、憐惜之情。

「此去蓬山無多路，青鳥殷勤爲探看」透出無法經常見面，只能靠書信傳情的無奈。「蓬山」應是愛人的居所，「青鳥」是溝通雙方的唯一方式，「無多路」，沒有更多的方法可想，「殷勤」「探看」是希望加強聯繫。尾聯借縹緲瑰奇的神話故事進一步表達了相互的關切。

永續圖書
線上購物網

www.foreverbooks.com.tw

◆ 加入會員即享活動及會員折扣。

◆ 每月均有優惠活動，期期不同。

◆ 新加入會員三天內訂購書籍不限本數金額，
即贈送精選書籍一本。（依網站標示為主）

專業圖書發行、書局經銷、圖書出版

謝謝您購買 _____ **品味唐詩（上）** _____ 與我們一起分享讀完本書後的心得。務必留下您的基本資料及電子信箱，使用我們準備的免郵回函寄回，我們每月將抽出一百名回函讀者，寄出精美禮物以及享有生日當月購書優惠！想知道更多更即時的消息，歡迎加入"永續圖書粉絲團"
您也可以使用以下傳真電話或是掃描圖檔寄回本公司電子信箱，謝謝！

傳真電話：（02）8647-3660　　電子信箱：yungjiuh@ms45.hinet.net

●請針對下列各項目為本書打分數，由高至低5～1分。

```
          5 4 3 2 1                        5 4 3 2 1
1.內容題材  □□□□□        2.編排設計  □□□□□
3.封面設計  □□□□□        4.文字品質  □□□□□
5.圖片品質  □□□□□        6.裝訂印刷  □□□□□
```

●您購買此書的地點及店名_____

●您為何會購買本書？

□被文案吸引　　□喜歡封面設計　　□親友推薦　　□喜歡作者
□網站介紹　　□其他_____

●您認為什麼因素會影響您購買書籍的慾望？

□價格，並且合理定價是_____　　□內容文字有足夠吸引力
□作者的知名度　　□是否為暢銷書籍　　□封面設計、插、漫畫

●請寫下您對編輯部的期望及建議：

培育

文化事業有限公司

讀者專用回函

品味唐詩（上）

培 養 文 化 育 智 心 靈 的 好 選 擇